漕东支路一号

林丹 著

文化艺术出版社
Culture and Art Publishing House

图书在版编目（CIP）数据

漕东支路一号 / 林丹著. — 北京 : 文化艺术出版社,
2021.7
ISBN 978-7-5039-6752-8

Ⅰ.①漕… Ⅱ.①林… Ⅲ.①散文集—中国—当代
Ⅳ.①I267

中国版本图书馆CIP数据核字（2021）第112255号

漕东支路一号

著　　者	林　丹
责任编辑	原子婷
责任校对	邓　运
封面绘图	张　奇
版式设计	姚雪媛
出版发行	文化艺术出版社
地　　址	北京市东城区东四八条52号（100700）
网　　址	www.caaph.com
电子邮箱	s@caaph.com
电　　话	（010）84057666（总编室）　84057667（办公室） 　　　　　84057696—84057699（发行部）
传　　真	（010）84057660（总编室）　84057670（办公室） 　　　　　84057690（发行部）
经　　销	新华书店
印　　刷	国英印务有限公司
版　　次	2021年8月第1版
印　　次	2021年8月第1次印刷
开　　本	710毫米×1000毫米　1/16
印　　张	21.5
字　　数	200千字
书　　号	ISBN 978-7-5039-6752-8
定　　价	78.00元

版权所有，侵权必究。如有印装错误，随时调换。

目录

● 散 文

（一）

3 / 漕东支路一号
7 / 文学，充实了我的心宇
10 / 隆冬腊梅香
13 / 水岸放眼看桃花
16 / 金陵四季雅趣
19 / 南京老门东
22 / 南京愚园的墙花
25 / 五马渡览胜
28 / 香樟花飘香催人醉
31 / 我爱遛弯儿
35 / 在巢湖疗养的日子

41 / 徜徉珠江边

43 / 与生活最最紧密相融的四门学科

48 / 乡　谣

50 / 感　怀

55 / 拜访莎翁故居有感

58 / 品味歌剧《卡门》

61 / 品咂《天鹅湖》

64 / 看《战马》

66 / 欣赏弗拉门戈舞

70 / 解析北欧美色

76 / 希望的田野，多希望

80 / 说说北京莲花池子

84 / 我写《老镇》

91 / 小孙女上学走花径

94 / 做客全聚德

98 / 羡慕青年人

● **散　文**
（二）

103 / 远访襄阳古城

107 / 瞧梧州，赏骑楼

110 / 桂平西山考

115 / 美哉，三清山

119 / 攀龟峰

123 / 忍寒耐喘,闯过雪山梁

126 / 复入麻婆豆腐馆

129 / 喜欢雅安

132 / 再觑趵突泉

134 / 登长白山

137 / 游抵图们江

139 / 牡丹江小景

142 / 松花江岸群钓图

145 / 带孙女逛杭州

150 / 春花笼罩鼋头渚

153 / 登上基辅号

157 / 台湾印象

● 散 文
（三）

165 / 大英地景

167 / 英国人文风光

173 / 聆听天籁

176 / 观赏莫斯科

180 / 浅谈圣彼得堡

184 / 森林国都赫尔辛基

186 / 美丽的波罗的海

189 / 斯德哥尔摩，美如诗

191 / 瑞典小镇斯莫根

194 / 舟游哥本哈根

196 / 玩在挪威西部雪岭

198 / 挪威小苹果

200 / 赏鉴悉尼歌剧院

203 / 水下浏览大堡礁

205 / 十二门徒，蔚为大观

207 / 鸟岛黑沙滩，奇

211 / 新西兰的地热喷泉

214 / 我眼中的大洋洲植被特色

218 / 日本之小

223 / 日记摩洛哥

232 / 横渡直布罗陀海峡

235 / 西班牙南部山地

237 / 难忘，那段妙不可言的路景

239 / 小城龙达

241 / 品尝西班牙火腿

243 / 巡游巴塞罗那

248 / 山城里斯本

250 / 走进欧洲大陆最西端罗卡角

252 / 山地国度安道尔

254 / 法兰克福至柏林，沃野漫漫

256 / 一览湄公河

258 / 下龙湾美景,胜似山水画

262 / 越南四苗条

264 / 感叹吴哥

267 / 再赴德国

271 / 审美奥地利小镇

273 / 难耐的萨尔茨堡暑热

276 / 漫步维也纳

278 / 戏水多瑙河,畅游布达佩斯

281 / 布拉迪斯拉法街景摘录

283 / 遛遛克鲁姆洛夫

285 / 尝一口纯真的百威啤酒

287 / 丽都布拉格

291 / 捷克原野,很美丽

● 诗 歌

295 / 新战友

299 / 黑女人

301 / 中年林丹自画像

302 / 多味的青果子

304 / 江　南

305 / 我与江南

306 / 莲月问答
　　　——大夏京宁赏莲感悟

307 / 世　说

308 / 大　意

310 / 我的原野

311 / 祝寿歌
　　　——2015年九九重阳日登南京城墙随感

312 / 向国旗国歌，致敬

314 / 日　子

315 / 天　阶

316 / 希　望

318 / 南京是我家（歌词）

320 / 军人颂（歌词）

● **附　录**

322 / 专家学者评论林丹作品的文章

326 / 中国文联原秘书长、党组副书记，著名作家
　　　孟伟哉写给林丹的信

329 / 中国人民大学文学院院长、博士生导师，著名
　　　学者与作家孙郁写给林丹的信

330 / 作家宁春强写给林丹的信

● **后　记**

散文（一）

漕东支路一号

漕东支路一号，位于漕溪公园身后，乃驻沪空军某师机关大院。

就在这座大院里，我写出大量部队新闻稿，全数被军队及地方大报发表了。就在这座大院里，政治部为我和妻子举办了隆重的婚礼，由此我有了自己的小家。就在这座大院里，我儿子出生了，从此我有了自己的后人。漕东支路一号，是我深深钟爱的福地。

虽系军营，漕东支路一号却也饶具江南特色，幽柔温馨。大院四周，不设森严高墙，只用细细的箭竹条，围成一圈经纬密织的篱笆。竹篱笆上，爬满了蔷薇花、牵牛花。

营区大门口，立有板制卫兵岗亭。过岗而入，一派喜人的院景便悄然闪现了。四季常青的广玉兰树、香樟树、棕榈树、雪松树、枇杷树，遍布院落。间或着，还可见到秀雅的翠竹。主道两侧，植有油绿油绿的冬青栏。小径边线，也植有油绿油绿的冬青栏。绿树掩映中，凸出黄墙红瓦，煞为美丽。向左看，是司政后办公楼、首长工作室、战备值班室、中心组会议室,连带着警卫排、小车班、卫生所和干部食堂。向右瞅,是招待所、家属楼、首长别墅及直属指挥连。左右营房中间,夹有灯光篮球场。与篮球场相对应的建筑物,即大礼堂。而大礼堂与篮球场相衔的开阔地,是一片结构巧妙的组合式花坛。曲径环绕的花坛里,汇满了四季花木:山茶、茶梅、杜鹃、丹桂、金桂、银桂、紫荆、紫薇、玫瑰、蔷薇和芍药,簇簇拥拥,联成一畈;另有几株巨叶青碧的大芭蕉,也落脚群芳园,妩媚出类,婀娜非凡。一眼望去,绿肥红瘦,风韵万千。更见礼堂门前的主花坛,还隆起一座用太湖石堆成的假山;假山真貌,惟妙惟肖,便越发给满院景致平添了灵气。

在漕东支路一号,绝不只是花坛里才有花;几乎所有房舍旁边,都有花。我所在的政治部,那楼前楼后楼左楼右,就栽满了花花草草。樱花、桃花、梅花、腊梅花、玉兰花、茉莉花、栀子花、月季花、菊花、兰草、苜蓿,杂七杂八,不一而足。只要打开楼窗,一股清纯浓郁的花香,便暗暗袭来,沁尔心肺了。

就职于院景不俗的漕东支路一号,有四季芳菲滋养着,官兵们便都萌生了"爱屋及乌"的情愫,都因眷恋满院诗情画意而倍加热爱自己的本职了。工作再苦再累,似乎也不觉得苦和累了。依稀那姣好的院景,绝对能自然而然地为落居者充电、提神、助兴,以减轻和消融大家在劳碌中产生的疲惫。就我自身而言,何时觉得乏了、累了,管自到院子里踱上一遭,也就精神焕发、活力再现了。

另为可贵的是：漕东支路一号之周边环境，也蛮好。所以，晚饭后机关干部散步遛弯儿，便有了好去处。出门北走，过沪杭铁路，可直达天马电影制片厂，一睹大橱窗里构图精巧的电影海报和剧照。出门南行，可行至一条弯弯的河浜，尽趣品评沿岸农家花色纷呈的乡式小筑。出门西逛，可逛抵漕河泾小镇，踏踏多味的石板巷道。出门东遛，可一路遛向龙华宝塔，欣赏塔下葱茏旖旎的园林风光。

散步归来，华灯初上，灯光球场上的赛事，也往往准时开始了。战友们围场而立，与随军妇孺挤在一起，观摩一场或军内、或军地之间的篮球友谊赛，正巧可以歇足一乐了。

我和我妻，有缘在漕东支路一号组成了小家，天然就比他人更加钟情此地了。非但我本人沉迷院彩，对满院景物百赏不厌，我妻子也总爱走出斗室，到院子里弄花戏草，放飞闲绪。还兼我俩生性好游，故而我又常常带上妻子，蹀入距离漕东支路一号仅有半华里的漕溪公园，游园散心。三月底，漕溪公园里的牡丹花，暴蕾盛开，鲜亮极了。红牡丹、粉牡丹、白牡丹、紫牡丹、墨牡丹、黄牡丹，争相吐艳，大放异彩。可谓国色烂漫，天香正酣，催人忘魂了。小两口面对奇葩，觑着觑着，聊着聊着，心音嘻嘻，颊颜灿灿，恍若自家也变成一朵牡丹花了。

有了儿子，便意味着我与妻在人生旅程中跃上了新高度，走进了新天地。大喜过望，兴高采烈，我俩遂又举起可爱的襁褓崽，不无天真、不无痴稚地钻到窗外花丛里，逗孩子识花，教孩子认草，愣充风雅哩。尤为甚者，小夫妻还屡携婴娃，投足漕东支路一号邻街，逍逍遥遥，四出观光。儿子出生后第一个春节，我俩就抱上胸前佩戴一簇腊梅花的襁褓崽，徒步走到万人体育馆，观看广场上的龙狮表演。小崽子醉眼迷蒙，笑声咯咯，显然他对锣鼓喧天、管弦齐奏的欢闹世景，也颇感新奇好玩了。

　　风华正茂时，天地也缤纷。不消说，漕东支路一号，就是我青春时代的桃花源。

　　算一算，我离开上海，已有好多年好多年了。可漕东支路一号的影子，却牢牢镌进我的脑膜，经久不退哩。

　　两年前，我由南京抵沪，专程看望漕东支路一号。然而，如今的漕溪公园一带，早已拓展成徐汇区的繁华地角，完全变样了，我干脆辨不出其本来面目了。只见哎，高楼林立，大厦毗连，幡然成为富丽堂皇的摩登街市了。我内心深处的漕东支路一号，竟荡然无痕了。大半天里，我徘徘徊徊，寻寻觅觅，却压根找不见记忆中的原始地貌喽。

　　无疑，随星移斗转，漕东支路一号也升华了，发达了。

　　但，无论世界如何变迁，那座优美的漕东支路一号老院，则是永存的。不在地图上，在我心里。

2017 年 2 月于北京

文学，充实了我的心宇

一个结论

是苦涩的文学，充实了我的心宇。我以庄严的真诚，向文学鞠躬。

文学履历

在读年月，我是广受老师和同学们赞誉的学习尖子。我酷爱数理化，一心要报考理工科大学。

读至高中毕业，我竟不幸与"文革"遭遇了。就失学，就迷惘，我开始亲近文学了。

1971年初，身为驻沪某部一兵，我写下一首七十几行的叙事诗《新战友》，颇得《文汇报》赏识。小作发表后，相继被《人民前线》和《空军报》转载，在读者中引起了较好的反响。这，便是我洒向文学的第一滴淡墨。

1979年夏，缘在转业回归故里，我才有可能真正拿出精力来，投入业余文学创作。其时，文坛复苏了，一片花红柳绿。受万千春色感染，我对小说创作产生了浓厚的兴趣。就于每天下了班，等同事们走净了，我独自留守办公室，写。（家住一又二分之一间小门小窗皆朝北的瓦屋，屋内无一张木桌可依，我只好借用办公室了。）时隔不久，我的小说处女作《请走出你的三间房》，在《鸭绿江》文学月刊上问世了。见一万二千余字的小说手稿变成了铅字，时龄三十六岁的我，也不免露出了童真的笑容。

陆陆续续，就有了诸多中短篇小说，由《小说界》《人民文学》《青年文学》《鸭绿江》《青春》《芒种》《海燕》等杂志发表。就有了长篇小说《下级军官》，由春风文艺出版社出版。就有了小说集《日月》《花季》《古城》及散文集《五彩海》，由春风文艺出版社、大连出版社、华龄出版社出版。又一激灵，再创作出影视剧本《大墙里的春天》《天阶》《日子》，由鞍山电视台、长春电影制片厂、辽宁电影制片厂摄录成戏，在中央电视台等处播放。进入新世纪，我还拿出了第二部长篇小说《老镇》，由江苏文艺出版社出版。《老镇》深受专家学者们好评，被中国现代文学馆收藏了。

我要宣布：正是文学这湾绿水，滋润了我的生活。我甘愿在命运改编的故事里，做一位安分的主人公。

文学主张

作家，理应具备政治素质、思想素质、哲学素质、美学素质。我特别想强调：作家不可漠视政治，因为政治本身就包孕了艺术。不问政治、远离政治的人，无法成为真正的作家。

作家，理应具有严肃认真的创作态度。刻画人生、状写社会、记录沧桑的智者，似乎不宜与笔下人物同嘻同啼。试问：作家连自己的情绪都把握不住了，岂能把握住笔下人物的情绪呢？合理的答案是：作家只有沉着、冷静地进入写作状态，才能有条不紊地写准、写活每一个人物，写准、写活每一个情节和细节。

每一位作家之每一部作品，都必须有益于读者，而不可发生一丝一毫的精神污染。顶戴文学名义，不负责任地乱写乱涂的玩家，大约就不是一只善鸟了。

2015 年 10 月于南京

隆冬腊梅香

腊月初，我携老妻和小孙女睿妮，搭乘京沪高铁和谐号，由北京一路南下，欣欣然返回了南京。

一进寓所大门，我便闻到一股绝顶纯正的芬芳气——哦，腊梅香，是腊梅香。我遂冲着香气扑过去，立马就见一蓬黄艳艳的腊梅花在我面前闪现了。天然着，我用鼻孔含住暴绽的花心，贪婪地嗅吸起来了。花香入肺，令我沉醉，更令我振奋，不啻喝下了一杯甘爽的美酒。

我所栖居的小区，植满了腊梅。楼前，有；楼后，有；主道边，有；小径侧，有；星罗棋布，疏密得致。在南京，腊梅与春梅、与丹桂、与金桂、与银桂一样，同是广受人们喜爱并优先被栽培于庭院里的花木。

回到家，妥妥安顿下来，我这个钟情花草的人，自然就把一部分心思献给时令名卉腊梅了。我住四楼，视野辽阔。每无事，我便踱向南窗，俯望楼前的腊梅花。其花其朵，虽然小，却煌煌璀璨，煌煌耀眼，我仿佛看到了一群亮丽的小星星。

一日饭后，茶余小闲，我自管下得楼来，左走走，右转转，优哉游哉，观赏腊梅。

南京的腊梅棵子，灌木属，树形并不美。整树体貌，呈墩状；矮墩儿，不过一人高；而高大者，则足可越过两层楼了。腊梅的枝条，挺拔，端直，柔顺，少有丫结。腊梅的叶子，青绿，厚实，多脂，颇显妩媚。只是哟，腊梅花乃地道的"干枝梅"，花期过了，树枝才发叶。赏花时节，是赏不到腊梅绿叶的。

我溜溜达达，兀自走进了小区东部的腊梅丛，歇足了。随即，我就瞄向旺花盛蕾，生生睁圆了一双痴眼，默默地赏瞧起来了。这一丛丛腊梅花，品类不孤，多种多样。有尖瓣的，有圆瓣的。有花心呈淡红色的，更有花心里不染杂彩的。而各种腊梅花的本质色泽，则大统不二——正黄。黄得灿烂，黄得火烈，黄得透彻。少不得，我就想到喽——偶有某些没见过腊梅的画家，竟在自己的红梅画幅上，落下一行行指鹿为马的"雅题"，或曰"腊梅凌雪"，或曰"腊梅傲霜"，这也难免贻笑大方了。

每每贴近腊梅花丛，我都要习惯地拱入花朵花蕾密集处，吞食芳华。腊梅花，奇香。此一奇香，又是清香、纯香、柔香，令人心旷神怡的香。就连春梅花里最香个体所沁发出来的香气，也远不及腊梅的黄花香。在我的意识中，忆遍百花之芬芳，唯有这腊梅花的香味，才是顶顶香、顶顶香、顶顶香的噢。

我于饭后赏梅，也算饱暖无聊寻小趣哩。面对金灿金灿鲜鲜艳艳的腊梅花,我一赏再赏,一闻再闻,不知不觉间就吞进了满腹芳香气,愣把吃进肚子里的粗茶淡饭都熏香了。

正当我痴痴迷迷流连忘返之际,老伴也带着小孙女睿妮跑过来了。刚满两周岁的小睿妮,乳步雀跃,边跑边喊:"爷爷,爷爷爷爷,我吃饱啦,我也要看看腊梅花呀!"

我嘿然一笑,当即抱起了小孙女,轻轻将她的小脑袋举到了花枝旁。小睿妮急不可耐,速速抓住两朵初绽的嫩花,送到小鼻子底下嘻嘻嗅着,兴高采烈地嚷:"香,香,真香啊!"

2015年3月于南京

水岸放眼看桃花

2020年初始,天下大惊。新型冠状病毒骤然袭来,震骇了华夏众生。

腊月廿九,武汉封城,全国禁足。十几亿国人,全都憋在家里了。应歌颂的是:万民一统,遵纪隔离,无嗔无怨。东西南北中,众志成城,力抗凶恶的瘟疫。

直至三月中下旬,疫情见缓,北京老百姓才开始戴上口罩,战战兢兢地出门小遛了。

我家老小,遂也鼓足勇气,随群而动了。就由儿子儿媳开车,我与老伴带上小孙女睿妮和小孙子淘淘,一路奔向京南远郊一条大河岸边,择个静秀的场点停下了。三代人不啻飞出樊笼的大鸟,呼呼吐净闷气,复归久违的浪漫,放眼观光啰。

得益于国家南水北调,大河水丰,流境内植被繁茂。脚下,嫩草萋萋,绿意融融。两岸,桃林葳蕤,赤彩焕烁。大片大片红彤彤粉艳艳的桃花,迎日怒放,弥散出醉人的芬芳。眯住明丽妩媚宏阔无际的桃花胜景,我们痴痴瞧,久久看,委实着迷了。更有袅袅亲水的垂柳,受煦风撩摇轻轻抚摩着平静的河面，悠然拨出一弯弯婀娜的涟漪，又令我们生生坠入眼帘画幅幻恍仙化了的玄妙意境。俏皮的柳梢，频频吻浪，愣把倒映在水底下的蓝天白云和桃花倩影舔碎了，也把我脑门里的露珠小诗舔出来了——

不惧黑瘟瘴，

笃信好时光。

熬过一夜寒，

又闻百花香。

自然着，赏过了广袤的桃花景致，全家人即顶着灿烂的暖阳，撒着大欢在水岸上玩起来了。老伴与儿媳用婴儿车推着小淘淘，在桃花园里踱踱转转，欣然漫步。奶奶一时兴起，随手撷得一枚初绽的桃花瓣，准准实实贴到小孙子的鼻头上了。嫩脸乖萌的淘淘崽儿，还真被傻奶奶逗出满腹豪情了，亮圆大嗓门逢喜咏叹似的呵呵笑开了。童嘻贵于诗，馥韵琅琅，好听极哩！我儿子呢，则拿出崭新的微型快艇和水陆两栖小战车，指导小睿妮耍起多趣的遥控驾技来喽。父女俩雀跃无忌，先操快艇迂回戏水，再驱战车狂穿桃林，玩得轰轰烈烈，不亦乐乎了。

小憩时，我折来绵柔的柳条，抽掉木筋留下皮管，连连做出几只精巧的柳笛，送给了小孙女。妞妞便口衔笛嘴儿，对着大河吹，对着太阳吹，对着桃花吹，对着小弟弟吹，吹出一串又一串清灵愉悦的音符。"嘟——，嘟嘟——，咕呜嘟嘟嘟——"如燕啼，如蛙鸣，如牧哨，纯真烂漫，赛过天籁。这甜美悠扬的笛声，律动了郊野，律动了桃花园，更律动了全家人的心。就乐得爱宝淘淘手舞足蹈，嘎嘎欢呼，隆重显露出一副兴高采烈的小模样了。

生活哎，万岁，万万岁！

2020 年 5 月于北京

金陵四季雅趣

家住金陵,我有四季雅趣。

所谓雅趣,实则普通心趣,不过是依循季节序变,看看自己喜爱的花木。钟情奇蓓异卉的人,我对四季嘉木与名花充满了眷恋,笃定要逢时拜赏、孜孜不怠了。

春季,我看竹。阳春里,绿竹泛翠,诱人注目。我家住地,不乏春竹荣秀,我天天必看。除了闲觑小区里的毛竹、箭竹和凤尾竹,我还要不惜脚力,遍赏金陵竹景。紫金山北坡竹林,雨花台中部竹园,都是我春游必至之地。偶尔,我也会远涉南京郊外的竹海,尽览铺天盖地的竹色、竹光及竹韵。视窗里,新竹挂满青霜,新笋幻惚上蹿,正经是生机勃发、长势磅礴。看那春笋恍若节节腾高的样子,我心头隐隐激动,周身增添了无穷的活力。

夏季,我看荷花。入夏莲荷,亭亭玉立,芳花盛开。感同《爱莲说》,我倾慕荷花,全不顾金陵暑热,痴痴访莲。玄武湖、莫愁湖、百家湖,荷花满塘,异彩纷呈。三湾秀水,年年留下我赏莲的傻影子。赤莲之艳,粉莲之柔,玉莲之洁,金莲之耀，紫莲之雅，都让我在"远观而不亵玩"中堕入了仙境，醉意飘飘了。

秋季，我看桂花。金陵多桂树，无地不植桂，无土不育桂。民宅前，马路边，青山脚，河两岸，湖湾侧，公园里，处处有桂花。每值秋，我必赴古城墙下、九龙湖畔、灵谷寺旁，去观赏名贵的桂花，诗化自己的情怀。桂花的花色，华彩熠熠，瑰丽夺目。丹桂火红，金桂黄灿，银桂米白，一统璀璨。桂花的花香，浑厚浓重，酣烈强劲。花窦弥香，花嘟噜喷香，香飘悠远。踱入桂林，我会一头扎向最迷人的丹桂，鼻伏底枝上的花团，贪嗅摄魂的香醍。似有一股亲切的芬芳，依稀像妻子身上的气味。

冬季，我看梅花。元旦一过，腊梅怒放，赏梅的时日便到了。花瓣鲜黄的腊梅花，是世界上最香的花。香型纯正、清新、鲜爽、精美、高雅，任人一闻便心旷神怡了。金陵城内城外，凡有人居住的地块，都栽满了腊梅。我看腊梅花，无须远行，只消下了楼，就能赏瞧腊梅花的新蕾，饱吸腊梅花的幽香。腊梅花开逾月，全数五彩梅花也陆续开放了。南京梅花山、梅花谷，植有数万株梅花，漫山遍野都是梅花。各色梅花笑绽时，我会优哉游哉，漫步梅山，徜徉梅谷。绿萼、乙女、玉碟、洒金、宫粉、朱砂、南京红须、人面桃花、别角晚水，都是我必访的佳丽。与意中丽花脸对脸，惓惓亲晤，不亦乐乎！赏过梅林，再瞭一眼林外楼舍，我顿感世间万嫌当休，有花看花便是了。

道法自然，勤谨敬业，又不失日月风雅，安享时光，乃众生常律。

丰衣足食，小添雅趣，余无他求矣。

2020 年 7 月于北京

南京老门东

南京老门东，变迁大焉。

先前，中华门内东地，建筑杂乱，街容不雅。如今，经过南京市大手笔改造，老门东焕然一新，基本恢复了晚清、民国时期江南闹市优美灵秀的史貌。

正北街头，竖有"老门东"青石大牌坊。牌坊正面楹联，为："市井坊间尽染六朝烟水气，布衣将相合书千载大文章。"牌坊背面楹联，曰："半壁门东回照诗书礼义，一弯淮水摇来灯影桨声。"两副联子，字迹遒劲，文采飞扬。

由青石牌坊始，以箍桶巷为中轴，三条营、中营、边营一系石径，井然有序地铺展开来了。粉墙黛瓦小筑，小桥流水人家，与条条石径依依相连，结成烟火味十足的宁南小城厢。花红竹翠，蝶舞莺歌，又给小城厢里的人间烟火，添入了别样的生气。

老门东的街巷，复制了市井旧貌。形形色色的饭庄、商铺，大都恢复了老字号。金陵坊、谢馥春、阁老太、桃源村、本色物语、问柳菜馆、秦淮礼物、行走南京、好一朵茉莉花，凡此等等馆堂名目，沁出了古色古香的意韵。一家酒馆的外墙上，还镌来"有酒学仙，无酒学佛"的雅句，一语道出了店家的儒风。

著名的箍桶巷里，设有老式亭榭。名为"结庐市隐"水榭的门联，十分诱人——"闲情何必林泉觅，风雅自由市井吟"。游客只消读此联语，就想到小榭里坐一坐、呷口茶了。茶余，再瞄瞄对面的积善亭，或许更要动动好心思了。

老门东界内，还匿藏了诸多历史旧迹和名人故居。明代抗倭英雄张大将军的故居张家衙，清代科举考场配置的上江考棚，太平天国时期唯一女状元的府第，都静静地卧于老门东。不难看出，老门东的芬芳史气，老门东的文化积淀，亦有足够的分量了。

非但历史文化积淀深厚，现今也有不少艺术单位，入驻老门东。南京书画院，金陵美术馆，南京市艺术研究院，还有相声团体德云社，统统在老门东安了家。应该说，闲暇无事到老门东走一走，或许真能沾上一些文仙气哩。

我在平地，将老门东看过了，又登上南京城墙，俯视老门东。老门东的轮廓，老门东的布局结构，都好看。清一色江南小房子，一色清金陵小楼阁，不无艺术地聚合成一爿市井家园，岂有不好看的道理呢？只嫌，楼阁的高度，大多一致，不够错落，遂使屋顶与屋顶结成的平面，就显得过于平坦了。假若能在街角巷弯里，再建起两座玲珑塔，老门东的景致，必定会更加赏心悦目了。

南京老门东,虽系市井,却风貌优雅,实在值得天下客官们,到此一游噢。

2018年阳春三月于南京

南京愚园的墙花

南京中华门内,西隅,有一处私宅名苑——愚园。因园主姓胡,又叫胡家花园。

南京愚园的花墙,奇雅,雅在墙花。南京愚园的墙花,一枝独秀,绝美无双。我走过若干名城,从未见有哪一处墙花,能与南京愚园的墙花相媲丽。

华夏大多数花墙的墙花,是方形、圆形、椭圆形、多边形、折扇形、宝瓶形的假窗或孔洞。而南京愚园的墙花,别具一格,全是由白生生粉墙上采用镂空工艺精心镂刻出来的三维艺术图像。不论外围粉墙,还是园内粉墙,都被疏密有致地镂空了,雕镂出一幅又一幅精巧别致、意味隽永的墙花。

我去愚园溜达过几回,于无所事事中努力享受晚年的逍遥。除赏园艺,我情有独钟,着重相看了结构简约、造型大方、抽象怪诞、高洁素雅的墙花。早年,园主将带有镂空墙花的粉墙,称为兰花墙,颇见雅意。我热烈赞同愚园花墙以"兰花"冠名,因墙花中确有盛开的兰花,可谓名副其实。但,我并不认为那些光怪陆离的墙花,都是兰花。静立粉墙前,我觑眼细瞄，只见墙面上那一串串穿孔通光、玲珑剔透的墙花花样，意蕴万千，多有所像。有的花形，像南瓜。有的花形，像飞鸟。有的花形，像梅枝。有的花形，像竹叶。有的花形，像汉字。形形色色，异彩纷呈，实在是兰花之外还有楚楚奇花了。或许，"兰花墙"三字名重大意，只是一种纯美玄妙的艺术概念而已了。

视墙花如物，好理会。说墙花像汉字，也确非牵强附会。其中一幅很抢眼的大墙花，就极像一个书法味道十足的"瓜"字。笔道拙重，笔力遒劲，堪称书艺上品。还有一幅小一点的墙花，也像字，只是我累昏双目，也看不出那寥寥几笔像个什么字哦。

另见一幅长条形墙花，也别有洞天，既像一枝暴绽的垂兰，又依稀是在描摹人。墙花上半部，宛若窈窕娉婷、发髻高盘的少女上半身；墙花下半部，更如臀姿袅娜、罗裙婆娑的女人下半身。上下合而为一，不啻一个妙龄秀娘在翩翩曼舞呢。

饶有趣味的景况是，除却诸多格调抽象的墙花瓣儿，也有少许具象的墙花作品。那幅夹在一溜镂刻杰作中间的不规则圆形线条状墙花，就形迹逼真，不仅形同一粒饱满的兰花蕾，又活脱脱构成了一个细腰紧束的呀呀葫芦。且在呀呀葫芦的上腔里，还立有一尊朦胧的僧身，这便使整个画面充满了灵性，愈发显得神异生动了。

兰花墙雪白，墙花琳琅满目，独成大观。有心人逛愚园，光这条美不胜收的墙花链，就足够赏瞧一阵子噢！

古都金陵的文化底蕴，极其深厚，富甲江南。平心而论，南京愚园的墙花，正是中华园林设计成果中一朵璀璨的人文奇葩。

每到愚园看墙花，我都暗暗陶醉过。当算百看不厌，流连忘返啦。

2020年8月下旬于南京

五马渡览胜

南京长江南岸，有一处胜迹，名五马渡。

相传：西晋末，"八王之乱"过，琅琊王司马睿、西阳王司马羕、南顿王司马宗、汝南王司马佑、彭城王司马纮，齐由扬子北岸跃入激流，驱马踏浪暴渡长江。登临南岸一刹那，司马睿的坐骑霍然化作一条青龙，拔地腾飞，直冲云霄。

公元 317 年，司马睿定都建康（南京古称），创建东晋。历代金陵人，概将五司马跨骥渡江登岸之地，唤作五马渡。

如今的五马渡，已经辟为长江南岸幕燕滨江风光带一处优美的景区。很多南京市民，闲暇里都喜欢到五马渡遛一遛，一健体，二散心。自然了，我也常常搭乘地铁来到五马渡，悠悠观光，徐徐漫步。

久远的神话，愣被园林工作者物象化了。就有五尊高大灵动的黑骏马塑像，自江边蹬水扬蹄，一路狂嘶似的奔跃起来了。那匹打头的飞马，由雕塑艺术家们改了形，给塑成了龙首、龙身、龙爪、马尾巴，玄妙极了。无疑，它就是晋元帝司马睿胯下化龙飞天的坐骑喽！一眼瞄上去，五匹战马形态威猛，气势骁悍，也确实洋溢出几分传说中神助司马睿登基的吉意。

整饰一新的五马渡江岸，花木葳蕤，彩径通幽，是我闲逛的好地方。走过一个个沿江花坛，穿过柔媚的凌霄花藤萝长廊，便到了王羲之广场。书圣王羲之，上与其父王旷、下与其子王献之，同为东晋书法大家，祖孙三代都在南京留下了珍贵的生活遗迹。王羲之担任护军将军期间，常在幕府山下长江岸边巡游，欣然品味山水相依的诗情画意。当今南京人，心念史芳，遂在幕燕江滨辟出了王羲之专苑，并竖起一座壮硕的汉白玉王羲之纪念碑，以弘扬华夏书法文光。看罢碑文，拜别相貌敦厚的王羲之全身浮雕，我对万世书圣就尤为肃然起敬了。随后，我擦过娟秀的白帆布休闲小亭子，再逍逍遥遥到"江澜绿野"大牌坊周围的绿林里转一转，满心通怀真是爽爽亮亮惬意透了。如果捋着滨江大道一直向东遛下去，即能连连另入佳境，直至抵达著名的江南胜地燕子矶。回程时，我还可以拐至幕府山腰上的达摩古洞，尽赏百态达摩的艺术雕像。可以说，我地地道道做了画中人，优哉游哉一路览胜了。

每当我走累的时候，我便坐在五马塑像旁边的岸台上，兀自小憩，继续观景。面对浩荡的长江，放目辽阔的江面，满眼都是汹涌的巨浪，滚滚东流。浪头上，百舸竞速，破波远航。偶尔，会有航船鸣一声响笛，依稀像为我送来了亲昵的问候。透过船群，瞭瞭大江北岸，只见高楼伟厦江畔林立，气象恢宏，一派浩繁。顺着江流，觑觑左右，更有妙景入目。向左望,可以望见蒙蒙江霭中公铁两用南京长江大桥那朦胧的雄姿。半个世纪过去了,我国自行设计建造的南京长江大桥岿巍如初,令国人倍感骄傲。一桥横跨天堑,为国家贯通南北铁路运输大动脉京沪线,做出了巨大的贡献。青年时,我编过一本小人书,叫《大桥卫士》,讲述了一段南京人民协助守桥部队保卫长江大桥的故事,由上海人民美术出版社出版了。现在,眯眼瞧瞧造型峻健的长江大桥,我胸间禁不住涌出了一股热浪。尽管我,只为呼吁万众一心保卫长江大桥做过一点微不足道的宣传,却也留下了美好的回忆,善哉。向右望,可以望见二十一世纪初修建的现代化南京长江二桥。二桥为斜拉桥,建成时排位世界第三斜拉大桥,被国人誉为"中华第一斜拉桥"。桥塔齐云高耸,桥梁凌空飞架,显耀出万般威仪。桥面上络绎不绝的车辆,或向南驶入"江南佳丽地,金陵帝王州",或向北越过江心八卦洲,驰往黄淮、中原及北国。二桥与桥下园林,相映相衬,也生生汇就出一幅壮丽的好风光,嗨嗨!

歇脚五马渡,我四处环顾,赏足了迷人的静态胜景及动态胜景,不啻是心花怒放了。

五马渡览胜,吾之一大趣事也。

2020年8月底于南京

香樟花飘香催人醉

天下香花，大都是一些小花，甚至是不起眼的小花。而模样小巧却不太玲珑的香樟花，正是一种可爱又可贵的香花。

开出可爱又可贵之香花的香樟树，系江南名木，广受世人青睐。香樟树树干魁伟，树形优美，树彩明媚，十分漂亮。由如此漂亮名木开出可爱可贵的香花来，也是大自然美中添美的绝配。

那托出香樟花的叶子，也俊俏。香樟树叶，椭圆状，鲜翠油亮，枚枚放光。新叶发，老叶落，代谢有序，终年见绿，香樟树便四季常青了。

初夏，香樟树生机蓬勃，树冠上开满了新花。香樟花，花枝不整，杈杈丫丫，显得松散零乱。花朵微小，不过米粒大，生六瓣，嫩颜乳白。花瓣中央，长有黄褐色的花心。花心里，探出金色花蕊。就是这一小窝不起眼的花瓣、花心、花蕊，热烈地发散出绵绵无尽的芬芳，以飨人间。

我要衷心歌颂的，正是香樟花的香。香樟花的香味，清新纯粹，温雅柔和，沁人心脾，地道是一种难得的花香。初到南国，初次嗅到香樟花的香，我曾顿感惊奇，误以为自己踏进了茉莉园。再次嗅得茉莉味的花香，却不见茉莉花的倩影，我于迷蒙中仔细分辨了身边环境，才霍然搞清：那魅人的香气，是从香樟树上弥散出来的，是由小小的香樟花里沁发出来的。或许是第一印象统治了我的意识，多年里我一直觉得，香樟花的香味，绝对近似于茉莉花的香味。这两种相仿佛的花香，同纯度、同品性、同风格，堪有一比。如果万千花香当中有姐妹，香樟花香极可能就是茉莉花香的亲妹妹。

每年五一劳动节前后，是香樟树开花的好时光。江南及长江流域，遍地长满了香樟树，也就遍地迎来了香樟树的花香季。暖阳下，煦风里，空气中，到处飘满了香樟花的香韵。偌大一片亚热带中国国土，就完全让香樟花的香味熏透了，滋润透了，妥妥实实落成个香山香水香天地了。

我所居住的小区，也栽满了香樟树。甬道两旁，楼间空地，都栽满了香樟。四季常青的香樟树，深得房地产开发商看重与培植，成了小区里房前屋后绿化树中的当家树。香樟树盛花期，满院里惠风习习，花香飘逸。入夜躺在床上，我会悠悠闻到香樟花的幽香。清晨站到窗口前，我也会闻到香樟花的香味。花香袭来，心神爽爽，满腑惬意。偶尔，我还要专门走到香樟树下，着意贪嗅香樟花的香气，熏染自己的情怀。香樟花那品味不俗的香气，一年一发，一年只一发，委实应该好生享用一番哪。

说真的，近些年来，我亦多次品辨过香樟花的香型，很想弄出一个确切的结论——香樟花的香，究竟属于哪一类花香呢？可辨来辨去，难脱窠臼，我依然想说，香樟花的香味，还是极像极像茉莉花的香味啊！

然而，万物自有本，我也理应为香樟花香单独下个定义了：香樟花香，就是香樟花香，就是香樟花的香，就是一种独特的香。无非这种香味，与茉莉花香有点混同罢了。

安居江南，我非常熟悉香樟花的香，非常喜爱香樟花的香。香樟花香，虽不及腊梅香，却也能撩动芸芸众生的情感，催人醉。每每闻到香樟花不无馥郁的气息，我都会着迷、痴恋、沉醉，醉意绵绵了。淹浸在催人醉的芬芳里，我岂能不醉呢……

2021 年 5 月于北京

我爱遛弯儿

北京人，将休闲散步，习惯地唤作遛弯儿。

遛弯儿，一则活动了腿脚，二则放飞了心情，正经是饶有生活意义的健身良策。

体育素养较差的我，也爱遛弯儿。

退休后，我在南京北京两地游居。少不得，这两座既古老又现代的都市里，叠印出我天天遛弯儿留下的足迹。

我南京的家，位于百家湖畔。我在南京遛弯儿，有三条主要路线。路线一：由小区西门出发，沿胜太西路西行，过南京航空航天大学北门向左拐，再沿将军大道南行，一直走到南航正门，止步。喘喘气，做做操，而后原路返回。全程，约四公里，用时五十分钟（逗留时间除外）。路线二：由小区东门出发，走湖滨路，经大富豪酒店进入百家湖，再过白龙桥，最后抵达凤凰广场。赏赏水景，闻闻花香，之后，穿过金陵饭店出湖，重走湖滨路，返程。全程，约三公里半，用时四十分钟（逗留时间除外）。路线三：也由小区东门出发，先沿利源路南行，次沿天元路西行，再沿通淮路北行，最后进入小区西门，回家。全程，约四公里，用时四十分钟（脚步较快，无逗留）。

　　偶尔，我还要带上老伴，徒步远遛。或，沿利源路一路南行，单程走完六公里半，到达东南大学新址。或，经胜太西路转走将军大道，续走花神大道，一路北行，单程走完七公里，到达雨花台风景区。而最长的一条远足线，便是：经胜太西路转走将军大道，向南擦过航空航天大学，再右拐擦过河海大学，而后一路西行，进入牛首山风景区，最终登上牛首山之巅。单程走完十余公里，到达唐塔下的寺院。

　　我在南京遛弯儿，是日常生活必不可少的组成部分。除遇重大干扰，我始终坚持上午、下午、晚饭后各遛一次，风雨不误。

　　我北京的家，位于广安门外中国国家话剧院身后，深掩在密集的楼群里。我在北京遛弯儿，也有三条主要路线。路线一：由小区东门出发，经莲花池东路，拐入白云路。之后，便沿着白云路一路北行，到复兴门外大街止步。立于首都博物馆门前，歇一会儿，再原路返回。全程，约四公里半，用时五十分钟（逗留时间除外）。路线二：由小区南门出发，路经北京第十四中学，过广安门外大街，走莲花河风光长廊。行至红莲南路，止步，原路返回。全程，约四公里半，用时五十分钟（逗留时间除外）。路线三：由小区西门出发，沿莲花河南街一路西行，穿过北京西站南广场，进入莲花池公园。观景罢，小憩毕，原路返回。全程，约四公里，用时四十分钟（逗留时间除外）。

偶尔，我也会携起老伴，到长安街西延线上走一走，遛一遛。或，经白云路转入复兴门内大街，再一路东行，单程走完四公里抵达西单，止步。或，经白云路转入复兴门外大街，再一路西行，单程走完三公里抵达军事博物馆，止步。

我在北京遛弯儿，本旨与在南京遛弯儿一样，也是日常生活必不可少的组成部分。不过，由于年岁渐渐偏大了，逢夜眼神变差了，我在北京一日遛三次的天数减少了，大多情况下只能坚持上下午各遛一次就罢了。如果遭遇重度雾霾天气，则只能憋在家里读书看报敲打键盘了。

我这人，崇拜自然，酷爱丽景。令我颇感欣慰的是：两个城市供我遛弯儿的地角，地景都很好。

我在南京遛弯儿的路线，花木繁茂，景观优美。其路街两侧的行道树，全是四季常青的香樟树；香樟树旁，又配有四季常青的冬青树、棕榈树、广玉兰树。夹在双向车道中央的绿化带，也栽满了四季常青的枇杷树、桂花树、茶花树，栽满了多种各具观赏性的名花名草。特别是将军大道和花神大道的外缘，还植下了长达数公里宽宽厚厚的樱花林，自成彩练。委实可以说：我的每条遛弯儿路，都是风景线。一年四季，走走如此路街的人行道，一举步，二赏景，我真是惬意透了。一月，看腊梅花。二月，看梅花、玉兰花。三月，看茶花、桃花。清明前后，看樱花、梨花、海棠花。五月，看杜鹃花、香樟花。六月，看冬青花。七月，看广玉兰花。八月，看夹竹桃花。九月，看桂花。十月，看紫薇花。十一二月，我只要瞄瞄枇杷树，便能看到白毛毛的枇杷花。而最最让我兴奋的遛弯儿时光，还要数五月初那段日子。那些天，正是南京香樟树新花盛开的好日子。大街小巷，弥漫着香樟花的芬芳。小米粒似的香樟花，堪比茉莉花，香气馥郁，催人心醉。我每每走在香樟树成行的林荫大道上，总要特意而贪婪地张大了鼻翼，吞食花香，享受花香；嗅嗅吸吸，吸吸嗅嗅，没完没了。

  我在北京遛弯儿的路线，绿化也不错，路景也可观。白云路两侧，莲花河两岸，均栽满了松树、柏树、杨树、柳树、槐树、榆树、栾树、银杏树、梧桐树。树下的花坛里，植有密集的桃花、樱花、迎春花、海棠花、丁香花、月季花。熬过草木凋零、景色枯秃的冬季，由惊蛰始，古都便逐步进入万木吐绿、百花盛开的好时光了。我常遛的三条线，也日益变得生动了，繁荣了。迎春花、玉兰花，率先笑绽；紧接着，桃花、樱花、丁香花、海棠花、梧桐花也开了。众芳乍谢幕，月季花、蔷薇花即急急慌慌吐出新蕊，敞苞怒放了。花开花落，花落花开，路路花香绵连叠续，空气中飘满了清馨的诗意。举步其间，花香袭人，我之整个身心全被这清馨的诗意滋润透了。两只脚，就难免落得飘飘然了。

  总之，于我而言，不论在"江南佳丽地"南京遛弯儿，还是在市容壮美的北京遛弯儿，都算正经事儿，都是十分愉快的生活内容。

2016 年 5 月于北京

在巢湖疗养的日子

人一生，蕴有许多生活光点。个个闪亮的光点，都会给人们留下欣慰而美好的记忆。

那年春夏之交，我身虚，师里相关领导便决定，安排我到空军巢湖疗养院疗养一阵子。我向首长敬过礼，带上几件换洗衣服，就紧溜溜地出发了。

在野战部队里供职，苦干加实干，蛮累的。偶逢离职疗养的机会，我自当雷厉风行，岂可怠慢乎？

二十世纪七十年代，某些地区的铁路交通，还不算便当。由南京到巢湖，需要在蚌埠中转换车。我途中住了一宿，才在第二天上午抵达终点，赶到了巢湖界。

从车站去疗养院，要通过一段柏油马路。我在这条不太宽的马路上刚刚迈出几十步，就有了重大发现：这地方的蛇，太多，太多了。几乎，我每走几步远，就会看见路面上重现一条扁扁的蛇皮，又有一条过路蛇被汽车碾死了。即便看见了死蛇，我这位一向怕蛇的懦夫，也难禁肉心忐忑，两腿发麻。放眼瞄瞄马路上，死蛇比比皆是，简直太恐怖了。

空军巢湖疗养院，坐落在小山脚。山下平地与平地上面的底坡，建有大片病房。环境优美，山气芬芳，正是一块疗养宝地。从进入疗养院大门那一瞬起，我就心清气爽，内力陡增，似乎不用疗养，我的身板就已经变得虎虎健壮了。

我的问题，是肺叶弱了，纹理加重。供我入住疗养的处所，就位于空气清新的山坡上，地点极妙。报过到，跟随护士蹀进二楼的房间，我打眼一瞧，发现内务整洁、四壁玉白，便顿感兴致怡然了。一俟护士退离，我就放下挎包上了床，懒懒地躺下了。嗨嗨，休息一下吧，好生休息一下吧。人要学会苦苦劳作，也要学会懒懒休息呀。

入院后第一件事，是吃午饭。我乍出自己的房间，就闻到了一股迷人的香味。少不了，年轻而生机蓬勃的食欲，即在诱人的异香气息里大幅度膨胀了。速速迈进餐厅，我真就看到了好嚼咕，只见菜盆里溜溜装满的佳肴，正是我最爱吃的土豆烧牛肉。一种讪讪暗喜的小情绪，霎时飞上了眉梢。可就在我讪讪暗喜的当口上，随后挨近菜盆的小伙伴们，竟唉声叹气地嚷开了："哎呀！怎么又是牛肉啊？腻死人了。"此嗑入耳，我煞为不解，甚至对发牢骚的人产生了误会。饭后，由战友们嘻嘻闲聊中，我才弄清了牢骚来由。实情是，为加强疗养人员的营养，促进疗养人员的健康，厨房特将牛肉配做日常餐桌上的主肴了。一时间，逢荤必牛肉，每日见牛肉，愣把食者的胃口搞瘫了。那几个小伙子小姑娘，委实是因为吃牛肉吃得够够够够的了，方发出了不满的怨言。看来，无论任何珍馐，若是天天吃天天吃，总会把人吃伤的。

　　无事一身轻，真好。是夜，或许缘在赶路疲劳了，我倒头便睡。翌日清晨，我没等睡醒，却被一阵呼号声吵醒了。好奇地溜出门，我循声踱到长廊式阳台上，正见大伙围住一条破了肚子的大长虫，还在比比画画地唧啵呢。原来，这条倒霉的大蛇，不慎从瓦檐上滑下来，生生落到二楼阳台上摔死了。蛇，极度灵敏，居然也会从房檐上滑落毙命，太奇怪了。就打此刻起，我生出了戒意，生怕再有哪条大蛇爬上楼，钻进了我的房间。

　　疗养期间，正事简约，且单一。每天定时吃点药，打一针，就一切完满了。自然地，小日子从从容容，安逸有加。负责我们科的主管大夫，是位四十多岁的中年男子，生有一张和悦可亲的红脸膛。此公一心敬业，却也作风灵活，每天在规定医疗时段之外，他都会把我们带到户外，有选择地开展一些辅助治疗的小活动。或，走进附近的稻田，逮黄鳝，捉泥鳅。或，登上房后的小山，看野景，采草药。在他的指导下，我们很快认识了几样药草，其中就有一种很出彩的多花植物，叫狼毒。户外活动的好处，一则让疗养者散了心，实现了"心养"；二则督促病员们锻炼了身体，加强了"体养"。如此两全其美，意义真就大了。每当爬上绿融融的山头，举目朝巢湖里瞭望的时候，大家的情绪就愈加爽快熨帖了。有一回，一位老兄竟然豪兴大发，不无嘹亮地唱开了：

九九那个艳阳天来哟，
十八岁的哥哥呀坐在河边，
东风呀吹得那个风车儿转哪，
蚕豆花儿香啊麦苗鲜。
……

俏俏军歌飘上半空，与徐徐山风和声，将山景渲染得更美丽了。

给我们打针递药的医务人员，是两位女护士。一位有三十几岁，家在湖南常德。一位有二十出头，是浙江温州女。俩女子姿容优雅，干净利索，相当漂亮。她俩身上最令我难忘的昔日光花，是给病号们打针的技艺。你把胳膊伸给她或她了，她或她便开始与你闲唠，口吻温馨而欢爽。当你还没说完某句话的工夫，她或她已经做完注射一事了。必然地，你会嘿嘿一笑，向她或她表达出真诚的谢意。相处时间长了，大伙都把二女当成自家的亲姐姐亲妹妹啰。

疗养者身体上的毛病，形形色色，五花八门。生活在诸病杂存的空间里，却也别有偏得，能增长一些医疗方面的常识。与我们病区隔出一道坡坎的老建筑，就是肝脏科的病房。那里的病号，在病情不适合走动的情况下，是绝不准随便外出活动的。偶有一次，我与人闲聊，方首次得知肝病是大毛病，不可小觑；"得了肝脏病，丢了半条命"，便是流传于病号间的常嗑。于是了，闲暇我在院子里遛来遛去，就尽量远离那排肝科病房了。

人在外，心在家。夜深人静，我独独躺在清凉的床板上，笃定要想家了。一想家，人就精神了，毫无倦意了。必然着，我就拿出妻子怀抱小儿的照片，久久端量，久久欣赏。不满一周岁的小儿子，偎在妈妈怀里，瞪大亮晶晶的小眼睛，咧开欢朗鲜艳的嘴唇，甜甜地冲我笑了。当即，一种家庭温馨，便意境化地将我拥抱了，笼罩了。孤灯下，定定赏瞧过妻儿小照，我的心情才慢慢慢慢踏实下来了，不知不觉中噗出两声哈欠，迷迷糊糊地睡着了。

吾非大材，却生性勤谨，过不惯无所事事的闲日子。疗养期内，我亦没有闲下秃笔，仍在抓紧时间干一件不久前接到的文字活，创编一部重要的连环画文学脚本。尽管事情简单，尽管我暗中运笔无声无息，但还是没有瞒过部分同志的眼睛，还是引起了大家的注意。个别文学爱好者，与我交往便日见密切了，双方或几方牵涉文艺的话题也渐渐增多了。大家心有同感，笑口传情，都希望早日见到我编的小人书。可惜后来，由于本人无法知道的原因，出版社编辑面影赧赧地告诉我，说那个选题已被撤掉了。吙吙——，害得我白费脑力，做了一番笔墨无用功。

疗养的效果，颇佳，又很稳固。我在空军巢湖疗养院，只待了一个月，就把身体养好了，养得棒棒实实了，健康状况得到了全面改善。短短一个月里，为人真实也比较随和的我，与医生护士和疗养员朋友们结下了深厚的友谊。医患情，疗友情,虽说是在短时间内建立起来的,却也清纯无瑕,真挚不二,散发出淡淡的芳韫。

  我出院那天,晴空朗朗,山鸟啾啾。一方秀逸的皖山皖水,泛起了明媚的丽光。大家纷纷出室,姗姗走下矮坡,把我送上汽车,挥动了惜别的双手……

  许多年过去了,在巢湖疗养的日子,我依旧铭心不忘,历历在目。三十天疗养,日日生动,给我留下了闪亮的印记。记得深了,记得牢了,也就难忘了。

2021年6月于北京

徜徉珠江边

广州,是著名的花城。一年四季,花木竞秀,花城如花。而我对花城的恋意,不在花,全在于那条美妙的珠江。

每临广州,爬过了白云山,逛罢了越秀公园,我便会拿出更多的时间,徜徉珠江边。

珠江,乃粤乡丽水。绿浪静静涌流,轻舟漂漂游荡,一江水象,温文尔雅。江两岸,树影婆娑,楼堂绵连,蔚为大观。

近年来,广州进入飞跃期。城建提速,美化提速,珠江岸畔的风物,变幻匆匆,越变越漂亮了。特别是伴随着亚运会筹办的进程,珠江日增佩饰,日多美韵,彻头彻尾焕然一新了。而摩登嗲塔小蛮腰,更像一杆别样的地标旗帜,为一江丽水添足了风采。

珠江,乃广州之母亲河。广州人,天天聚首母亲河,散步,下棋,漫聊,闲玩。一张张幸福的面孔,光鲜,灿烂,不啻开满母亲河滩的花朵。

我徜徉珠江边,看水,看船,看花,看树,看广州人的笑脸。走走,停停,再走走,再停停,步履悠悠,目色朗朗。我完全沉浸在恋江众生的笑声里,还真有点流连忘返、乐不思蜀了。

广州,富地,富甲一方。

珠江,福水,福泽花城。

2017 年 2 月于北京

与生活最最紧密相融的四门学科

支撑人类生活基本架构的核心要素,一曰物质,二是精神。就精神行为与精神需求而言,以我本人观点立论,我认为:有四个文化科目,与我们的生活紧密相融。换言之,芸芸众生在日常生活中,有四门最最离不开的学科,便是——语文、体育、音乐、美术。

细究我们的生活全景,数理化等,也时有涉及。如:炒股算账,用到了数学;闲来无事玩风筝,用到了物理学;给发酵的酸面加点碱,做成香甜暄软的大馒头,用到了化学。但,包括那些已将数理化兴趣融入血液的科技工作者在内,芸芸众生几乎天天都要接触也乐于接触的学科,还是语文、体育、音乐、美术。

首先,谈谈语文。语文,乃文化大科,任何人的生命作为和信息活动,都被语文融合了。世上,无谁不接触语文,无谁不应用语文。作家,记者,天天搞创作,天天写文章,便天天运用语文知识。搞科研的精英,搞技术的专家,天天读术语,天天写论文,便天天运用语文知识。做行政的官员,做管理的职员，天天阅文件，天天做笔记，乃至天天编拟文字材料，那更是天天都在运用语文知识。就连普普通通的城乡老百姓，也天天要说话，天天看报看电视，于是也天天自觉不自觉地用到了语文知识。语文素养好，说话就说得顺，看报看电视就看得懂。语文素养差，说话就说得乱，看报看电视也会看得一塌糊涂。蔽之以一言，还是那句定论：天底下，无人无时不在接触语文，无人无时不在应用语文。盖大楼的农民工，目觑云朵，偶绽心花，干脆嘹嘹亮亮吼出一首打油诗来，那就更是语文大趣的喧嚣了。

其次，谈谈体育。体育，也是文化大科。所谓体育，即脑力与肢体技能的培植和育化；而最简要的概念，便是"运动"。"生命在于运动"，乃万民共识。毋庸置疑，体育是天下人的共爱。无论男倌女妇，无论尊卑长幼，无有不爱好体育运动的僵胎儿。有人爱玩球，有人爱长跑，有人爱下棋，有人爱举重，有人爱打太极拳，有人爱跳广场舞。多见小区的娃娃们，争先恐后打滑梯。常遇一群大姑娘小伙子，兴高采烈地游进了大海。更有成帮结队上了年岁的老头老太太，也爱走街过巷转圈遛弯散散步。天经地义，体育便上升为国家意志，相关机构以最大广度最大力度发起了"全民健身运动"。而分门别类的体育运动会，就愈发无一例外地变成了芸芸众生的狂欢节。世情表明，体育是常人生活必不可少的组成部分。

再者，谈谈音乐。音乐，略等于吹拉弹唱。音乐，不算大科，却是浪漫人性的生动体现。上古猿人，就有了表述情绪的音律，以抒悲喜。远祖们还敲击各种物件，弄出悦耳的声响，自我欣赏。经过漫长的进化，人类才创造出美妙的音乐——发明了形形色色的乐器，唱出了调门万千的歌曲。不消说，音乐是生活的产物。过渡至文明社会，音乐劲展魔力，广泛地反作用于生活，全面融入了人间烟火。艺人卖唱，养家糊口；乡巴佬偶一浪漫，也会哼出两嗓子，自娱自乐。进而跃入新时代，音乐领域愣是空前繁荣、空前热闹了。词作者，尽情修辞，妙笔生花。曲作者，全神谱曲，口出佳音。歌唱家，大放歌喉，勤奋演唱。南疆北土，歌舞升平。非但会唱的才人，源源不断地涌进"青歌赛"、踏上了"星光大道"，就连五音不全的老哥老嫂子们，也要动辄咧出几句山歌，小慰心窦。至于某些一声调调也哼不成的主儿，则索性买来个"随身听"，走走坐坐听小曲，美美滋滋过日子。由此看，谁又离得开音乐呢？

结论是：万众喜音乐，人人爱唱歌。有一副好嗓子，或能玩弄一两件乐器，绝对是十分宝贵的人生资本和艺术才华呀。得空闲下来，吹吹拉拉弹弹唱唱，地道是一种高层次的享受；其一陶冶了情操，其二调解了心情，更使我们的生存状态充满了欢乐，添足了浪漫。

最后，谈谈美术。审美，爱美，表现美，记录美，也是人类的共性和本能。几千年前的古人，在文字尚未出现的背景下，就已经萌生了复制美物、状绘美景的心理和作为。少不得，我国诸多山崖石壁上，就有了岩画，有了大量唯独古人才能完美解读的图像及标记。随着历史进步，慢慢慢慢，人世间便产生了美术,芸芸众生便多出了一份美术方面的爱好。大家有了美的感悟,总想以图示和型示的形式,把自己的美感记录下来,做成画页或物象。大家看见了美的景致,也总爱以线条、色彩加仿造的形式,把眼前和记忆中的美景复制下来,做成画幅或实物。懵懂初开的顽童,常将一根树枝戳到泥地上,画山,画鸟,画太阳。看屋守灶的妇道人家,也会巧占三餐之余,描龙画凤剪窗花,做猫做虎捏面人。更有高雅的读书人,誓将汉字写得美,写得好,在四尺宣纸上下尽了苦功夫。由是,一批又一批强烈追求美术梦想的先锋,渐渐夯实了自身的艺术功底,统统拿出了灿烂的作品,悉数出息成造诣匪浅的画家、雕塑家、书法家。

综观当代,人们竟哄然而起,更加超常地喜欢美术了;热衷于描描绘绘、涂涂画画的美术爱好者,实在太多太多了。由家长引领着,千千万万个小孩子走进了美术辅导班,潜心学画。为数不少的花甲古稀佬,也纷纷操起了画笔,闲洒丹青。横竖玩不出墨味的朋友,则无奈地带上照相机,游山赏水拍风光,权当自己作了画。足见,美术也同是天下人的共爱。

语文,体育,音乐,美术,诚可谓铺天盖地、无孔不入、最最紧密地融合在世人的生活中间了。普天之下,没有谁的生活内容里,可以缺少文、体、音、美四元素。某某,某某某,语文智慧优秀,体音美情愫热烈,其人生旅程之品位之韵致,必定居于高档类。

所以,我希望全体国人,尤其希望正在接受文化教育的学生们，都要学好语文，学好体育，学好音乐，学好美术。旨在：学以致用，优化民风，让我们的社会更出彩，让我们的生活更出彩。

2016年2月丙申猴年春节于北京

乡 谣

咱也说俺家乡好，
一方山水一座庙。
庙前花生喷喷香，
庙后红薯赛阿胶。
村东胖妞西施脸，
村西瘦哥潘安貌。
地佬请来万岁爷，
龙颜大悦笑笑笑。
酒足饭饱眼花醉，
吾皇不想再回朝。

丙申猴年正月初二草拟于北京

赘释

今日大年初二，开门见喜，一位老同事给我发来了拜年诗。情动之下，我想到了物产丰饶的辽南，想到了历史悠久、人杰地灵的老复州，遂采取复古笔风，回复了如此一段顺口溜，权作和音。

"一方山水一座庙"，意指：每个地方，都拥有自己的文化特质和地理优势。庙，乃地域精灵之所在，系该地自立于天下的古老象征。正因每一地角都有自家的"小庙"，芸芸众生才都有歌唱家乡的理由。"咱也说俺家乡好"，自然就在情理之中了。"庙前花生喷喷香，庙后红薯赛阿胶"，算物好。"村东胖妞西施脸，村西瘦哥潘安貌"，算人好。土地佬一高兴，还把万岁爷请来了。天子驾到，如临仙境，察乡景繁荣，视子民安康，乐得"眼花"都醉了。

老夫谨以此嗑儿，略表思乡之情。

2016年2月9日

感 怀

在辽宁省重点高中复县高中1966届4班
高三学年师生"情结五十年（1965—2015）
鹤首大团聚"聚会上的发言

我先自赋诗一首，作个引子：
六六四班乃吾班，
史来史去五十年。
原本师生风光好，
忽遭劫难废校园。
师无沉沦生自强，
忍痛为国做贡献。
今日鹤首大团聚，
不老我辈齐欢颜。

下面，品味今昔五十年，具体谈谈我的感受——

第一点感受是：始于一九五九年的三年困难时期，是一场国人无法承受的灾难，更是当年读书的学生们无法承受的灾难。所幸，我们在座的这些人，在灾害结束后，走进了复县高中。我们高中阶段的学习，基本上没有受到饥饿的影响。所以说，我们在座的各位老同学，都是三年困难时期告终之后第一波涌现出来的知识最扎实、成色最饱满、素质最优秀的货真价实的高中毕业生。一言以蔽之，我们是一群难得的大学好苗子。

　　第二点感受是："文化大革命"，史无前例。我们的遭遇，也史无前例。正当我们满怀憧憬、放眼未来的时候，正当我们怀揣丰满的知识、即将踏进高考考场的时候，一场摧残教育、毁灭文化、扼杀经济、愚化民心的"文化大革命"，悍然爆发了。我们瑰丽、灿烂的大学梦，猛一家伙就被打破了。那种因自己即将融入高等学府而滋生的好心情，一下子就枯萎了。"文化大革命"，不啻一次超级强烈的文化大地震、精神文明大地震，给中国的文化保养、文化传承、文化建设、文化繁荣，给中国的教育事业、人才培养、人才接续、人才队伍，造成了巨大的断裂带。更使我们国家的发展道路，出现了断崖般的塌陷。有些"文革"创伤，委实是永世无法修复的。不可否认，我们诸位老同学，就是这一次文化大地震、精神文明大地震的牺牲品。

　　第三点感受是：面对"文化大革命"给我们带来的命运打击，我们的老师，我们的同学，却无一沉沦，无一堕落，而是通过个人自强不息的努力，统统走上了国家需要的岗位。我们的老师，绝大多数重操本业，继续执掌教鞭，教书育人。我们的同学，也历经波折，找到了一份或者适合自己或者不适合自己的工作。假如我们能平平安安地升入大学,我们无疑会站在理想层次的人生舞台上,为国家的现代化建设做出更多更大的贡献。然而,我们的悲哀是:由于我们被剥夺了读大学的权利,我们无缘登上相对较高的社会平台,去发挥自己的才干;而只能栖身于普普通通的城坊乡野,苦苦谋生。我们中间,除有少数人在恢复高考后拖家带口闯进了大学校门,余者全都按部就班蜗居在各自的角落里,打理着自己的小营生。令人欣慰的是:同学们从命运的泥沼里爬出来,不论是做了教师,还是做了小干部,还是当了工人,还是当了农民,还是经商做买卖了,大家都以自己的智慧和体能,为祖国的社会主义大业,竭尽了绵薄之力,较好地体现了我们自身的人生价值。

　　第四点感受是:天生我材必有用。曾有舆论闲聊,说我们这批高中生,是被"文革"糟蹋了的一代人。这种说法,是对的,我们确实被糟蹋了。还有舆论胡扯,说我们这批高中生,是没有用处的一代人。此言,大谬也,否!我们虽然身处相对低矮的社会平台,做着平平凡凡的工作,但是,我们同样以炎黄赤子的姿态,不遗余力地为国家、为社会做出了不可磨灭的奉献。诸多老高三,甚至成了拨乱反正后某些领域内调整、恢复、开拓、发展的中坚力量。因此,我想理直气壮地说:我们的国家,不要忽略我们;我们的社会,不要忽略我们;我们自己,更不要忽略了自己、更不要妄自菲薄了。面对祖国,面对社会,我们问心无愧。

第五点感受是：在人生的山路上，我们坎坎坷坷走到今天，都老了。诸位不得不承认，我们都是老人家了。我们累老了，苦老了，熬老了。但是，从在座的老师和同学们的体貌上，我仍然看到了当年大家那种风华正茂、朝气蓬勃的影子。我们岁至古稀，满头白发，可我们未辱本命，正经落得了一个鹤首童颜的好模样。我们的精神，没有老；我们的心灵，没有老；我们的意志，没有老。这就对了，这就是我们老高三理所当然应该为自己画上的一个惊叹号。现在，国家富强了，社会进步了，我们在生命的晚霞里走进了好风景。虽然当今社会在某种程度上闹得信仰滑坡、道德沦丧、风化败坏、物欲横流，但，好风景毕竟还是好风景。所以，我们要登上精神世界里的泰山，闲步踱入"一览众山小"的清灵境界，洁身自好，放飞心情，欢欢乐乐，过好自己的每一天。

第六点感受是：在班主任王金凯老师的统率下，在徐茂良、刁世平等师长和科任老师的关怀下，我们大家坐在同一间教室里，听课、看书、自习、做作业，不亦乐乎！遭遇"文革"后，我们又共同在那座工字形的大房子里，滞留了两年多，傻玩了两年多，不亦亲乎！我们与王老师，整整相处了三年。我们班的同学之间，整整相处了五年。这是一种缘分，一种前世修来的好缘分。在朝夕相处的几年里，我们结下了高尚的、深厚的、亲密的师生情、学友情。我们的感情，纯真无瑕，弥足珍贵。愿我们这份成长了五十年、流动了五十年的师生情、同窗情、学兄学姐学弟学妹情，伴日头，随月亮，天长地久,地久天长。

最后,祝老师,祝在座的各位老同学,心神愉快,健康长寿!

2015 年 9 月 19 日于瓦房店

拜访莎翁故居有感

旅英期间，我专赴埃汶河畔的斯特拉特福小镇，拜访了世界大文豪莎士比亚的故居。

莎翁一生，极富传奇，赫赫辉煌。

莎士比亚的全名，叫威廉·莎士比亚。1564年4月23日，出生于一个制作羊皮手套的手工业家庭。

其父约翰·莎士比亚，是一位聪明能干的皮货商，营运有方。后来，经过辛辛打拼、苦苦努力，莎父在出色地打理着皮革作坊之同时，还当上了斯特拉特福小镇的镇长。

天才的莎士比亚，童年温饱，衣食无忧。自然这位天才小孩，便早获启蒙，入学读书。然而，家道中衰，好景不长。等莎士比亚长到十三岁，其父经商失利，家境顿然落贫，沦为寒门。因之，莎士比亚只能辍学，离校谋生。唯在谋生间隙，寻寻觅觅，觅书披阅。缘于一次特别的机遇，青年莎士比亚走进伦敦一家剧社，做了勤杂工。零距离接触舞台，耳濡目染，久受熏陶，莎士比亚渐渐爱上了戏剧艺术，便也登台助演，跑跑龙套，垫垫场子。有一天，莎氏顶缺救场出演小丑，竟大获成功一举扬名，从此正式当上了演员。慢慢地，莎才子认为写戏比演戏更有意思，遂呕心沥血，创作剧本，并一发而不可收了。毕其一生，莎士比亚总共创作出《哈姆雷特》《威尼斯商人》《罗密欧与朱丽叶》等三十七部大戏，外加一百五十四首十四行诗和两首长诗。莎翁超凡的文艺行为和文学成果，在英国乃至全球产生了深远影响，也为世界范畴多元式的文化建设做出了巨大贡献。马克思称其为"人类最伟大的天才之一"，国际社会也把他喻成了"人类文学奥林匹斯山上的宙斯"。诸多褒奖，万方咏颂，都是莎翁实至名归永存不泯的殊荣。

并非贵门后裔的莎士比亚，没有进过高等学府，没有受到更高层次的文化教育，仅仅读满了七年书。但，他却以前无古人的文学创作硕果，成为流芳百世的文艺大家，享誉全世界。足见，自学成才也是一条星光大道；足见，一个人受教育层次之高低之深浅之大小，也未必与其终生的文化成就成正比。古往今来，确有为数众多的文化名流，赖以自学成才的途径和步法，登上了学术之巅。作为求知者，我等绝对应该向那些自学成才的先贤和同辈们，致敬，礼拜，再唱一曲由衷的赞歌。

莎翁晚年，带着才高八斗、学富五车的荣耀，回归故里。他衷情守望着斯特拉特福小镇，买下了土地，翻修了祖屋，过起了闲适的田园生活。于祖屋里，完成了最后一部剧作《李尔王》，岁逾半百的莎士比亚，便日出而动、日落而息，安然自若地颐养天年了。

1616年4月23日，莎士比亚寿终正寝，驾鹤仙逝。其诞辰忌辰同为一日，也算稀世的巧合。

莎翁的故居，实属凡常建筑，只是一座T形两层砖木结构的瓦脊小楼。楼前，有一方不大的庭院，院里植满了花木。楼内，摆满莎士比亚的著作、文稿、书写笔墨、生前用品以及制作皮革物件的工具。从中，我看到了大文豪的平实、俭朴与勤勉，也充分体悟出人类文化事业之艰辛、崇高和伟大。

离开斯特拉特福镇街的时候，我情不自禁地回过头来，向莎翁故居敬了一个注目礼。

2017年元月于北京

品味歌剧《卡门》

前些天，我走进国家大剧院，观赏法国著名作曲家比才的代表作——歌剧《卡门》。

《卡门》的故事，久为人知。时间，1860年。地点，西班牙塞维利亚。美丽倔强的吉普赛姑娘、卷烟厂女工卡门，与同厂卷烟女打架斗殴，恰被骑兵班长堂·何塞撞见了。何塞本想逮捕卡门，反被卡门野性的美貌和桀骜不驯的浪女味道迷住了。万般心动，何塞不仅放开了卡门，还同卡门堕入了情网。遂由卡门诱导着，何塞加入了走私贩的队伍，与卡门一起过上了漂泊而欢娱的生活。然而后来，卡门移情别恋，又爱上了一位才貌出众、风流倜傥的斗牛士。堂·何塞难忍失恋之痛，终于抽出藏在身上的短剑，将卡门刺杀了。

《卡门》里的斗牛曲，更是广为流传，经久不衰。自打改革了，开放了，歌剧《卡门》里的经典乐章，就在国人的收音机里现声了。一些大型晚会和音乐会的管弦乐队，也常常以宏大的气势演奏斗牛曲了。每每听到这支欢快、激越、明丽的传世乐曲，音乐爱好者们无不通怀陶醉，乃至神魂飘荡了。

如今，坐在国家大剧院里，真正得以面对面地现场观赏歌剧《卡门》，我的心情，不啻旱田逢甘露，倍感滋润喽。

觑住大舞台，聚精会神地看；洗净双耳，全神贯注地听。看完一幕，又看一幕；听罢一曲，再听一曲。紧随剧情进展，我一直沉浸在美妙的艺术享乐中。待到大幕落下，闭上双眼静静回味，我不得不心悦诚服地说：《卡门》，作为全世界上演频率最高的大歌剧，地道是一部难得的好戏。

论其题旨，伟大，永恒——爱情，超越了身份与阶级局限；爱情，统治了生与死。

论其结构，恢宏，严谨——采取庞大架构，将剧情之起始、发展、高潮和结局，有机地铺设开来，达到了浩繁而缜密的高度。

论其情节，起伏跌宕，引人入胜——时而冲突，时而欢聚，时而大喜，时而大悲，令观众心生幻念，仿佛身临其境。

论其表演，细致入微，多姿多彩——表演技巧，匠心独具。依据人物性格和剧情细节，《卡门》编导为不同角色编排出细致入微、多姿多彩的舞台演作，恰到好处地雕刻出剧中人的人生形象。也看得出，演员们恪守剧本精神，基本做到了：一招一式，动作到位，意思到位。

论其歌唱，刚柔相济，声情并茂——剧中唱段，或高亢嘹亮，或阴柔婉转，无不恰当地符合了剧情的需要。显然，声情并茂，是作曲家比才创作《卡门》时不懈始终的追求。

论其人物，性格鲜明，栩栩如生——《卡门》里的人物设计，典型而精到。几位主要人物，为整部歌剧支撑起坚实的骨架；且，每个人物都有血有肉，形象丰满，栩栩如生。特别是核心人物卡门，更是《卡门》里的灵魂，由其曲折的人生脉络，导引出一部感人至深的故事。

看过全本《卡门》，就我自己的观感而言，我最喜欢斗牛士出场的一幕戏。场景缤纷，光色灿烂，情节生动。我专心致志地赏瞧着这幕戏，心里只有唯一一种强烈的感觉——美。

我所观赏的《卡门》，女主角卡门是由阿妮塔·莱什维利斯维莉女士饰演的。她演技极好，唱功也棒，令人钦佩。其表情，其动作，其舞姿，其唱腔，一概生动、火爆、煽情，使比才笔下的吉普赛红花女郎，越发锦上添花了。

认真咀嚼，细细品咂，我深深感受到：经典大歌剧《卡门》，富有超凡的、纯粹的艺术味儿。

2014 年 12 月于北京

品咂《天鹅湖》

两天前，我坐进北京展览馆剧场，观看了俄罗斯皇家芭蕾舞团演出的古典芭蕾舞剧《天鹅湖》。

很早很早，我就想看看原汁原味的《天鹅湖》，却一直不得机缘。去年旅游俄罗斯，落脚圣彼得堡，我曾想抓住良机，看看圣彼得堡的《天鹅湖》，却因芭蕾舞团出国在外而没能如愿。近日，俄罗斯皇家芭蕾舞团来到中国，我终于夙愿得偿，欣赏到最正宗的圣彼得堡版古典芭蕾舞剧《天鹅湖》了。

四幕芭蕾舞剧《天鹅湖》，1876年由俄国伟大作曲家柴可夫斯基以交响乐的形式完成谱曲，做成声情并茂万般高雅的舞台艺术，从此就漫漫一百四十多年来久演不衰，享誉全世界。据说，当初友人将剧本交给柴可夫斯基的时候，只许诺了八百卢布的酬金。可柴可夫斯基不计名利，痴心创作，竟一举拿出了平生第一部轰动全球的力作《天鹅湖》，为人类文艺园地植下了一枝永恒的奇葩。

取材于民间传说的《天鹅湖》剧本，叙述了一个动人的故事——美丽的公主奥杰塔，遭恶魔施咒，变成了一只白天鹅。

王子齐格费里德以忠贞不渝的爱情，破除了魔王的法术，解救了奥杰塔。柴可夫斯基经过提炼与酿制，就以交响乐的功能和魅力将这个《天鹅湖》故事升华了，结晶成一部由芭蕾舞艺术家们用肢体语汇状写出来的爱情长诗。美与丑的对立，善与恶的较量，均以含蓄、抽象、朦胧同时也不失爽灵的诗化风格显映成像，洋溢出惹人沉迷、催人陶醉的意味美和意境美。

　　从一幕到四幕，场景及道具的设置，简约、集中而完善。帷幕依序拉开，宫廷仆人班诺、王子齐格费里德、王后、恶魔、白天鹅奥杰塔、黑天鹅奥吉莉娅等一干角色，便陆陆续续地现身了。美妙多彩的独舞、双人舞、群舞，遂如小河流水般带着哗啷哗啷的丽音一一登场了。各种规范的芭蕾舞姿，"跳跃、旋转、转身"，"外开、伸展、绷直"，"轻步行进"，"迎风展翅"，无不达到了超凡的艺术境界，刚柔相济，轻盈精巧，美韵流畅。号称芭蕾舞灵魂的女子脚尖舞，包括"击脚跳""双脚打击""单足趾尖旋转"，也被俄罗斯女舞星们演活了、演神了，大小舞步及快慢动作，一概地道、灵动、华丽，不啻一杯杯芬芳的红葡萄酒，为《天鹅湖》全剧浇灌出清馨丰美的好味道。尤其第三幕中的"挥鞭转"，更加美到极致了。漂亮的黑天鹅，一口气完成了三十二个"挥鞭转"绝技，愣让全场观众咋舌不已、叹观止矣。众目睽睽，百感一统：美！纯美！奇美！绝美！

　　看完全剧，闭目回味，余芳不退。老实说，最令我感到赏心悦目的段落，还是白天鹅独舞、黑天鹅独舞和四小天鹅齐舞的表演。四小天鹅舞，节奏明快，舞姿欢活，整齐划一。白天鹅独舞，舞姿优雅，舞影清灵，传神抒情。黑天鹅独舞，舞姿优美，舞艺精湛，自成风光；她那一长串单足立地快速旋进的"挥鞭转"，难度极高，技巧纯熟，委实给我留下了难忘的印象。

演出结束，《天鹅湖》演员全数再次登台，逐一躬身谢幕。观众们无一慌慌离场，纷纷瞩目演员的谢幕丽姿，报以热烈的掌声。获得了极大文化享受正满心滋润的我，自然也拍响了自己的巴掌，向皇家芭蕾舞团的艺术家们表达了由衷的敬意。

青年时期，我身居上海，看过中央芭蕾舞团演出的《红色娘子军》，看过上海芭蕾舞团演出的《白毛女》。后来，又看过了日本松山芭蕾舞团和古巴国家芭蕾舞团演出的芭蕾舞剧。日本和古巴的芭蕾舞，我早已印痕模糊了。但，对我国两台经典的芭蕾舞剧《红色娘子军》和《白毛女》，我至今记忆犹新。我觉得，中国中央芭蕾舞团和上海芭蕾舞团男女优秀演员的演技，也是炉火纯青的，堪称世界一流。而且，中国芭蕾舞剧抽象与具象相结合的编导手法，似乎更能加深观众对剧情的领会和理解，更能激起观众与舞者情感上的谐振和共鸣，可以收到台上台下水乳交融的艺术效果。

俄罗斯的古典芭蕾舞《天鹅湖》好看，中国的经典芭蕾舞《红色娘子军》和《白毛女》也好看。

2018年12月于北京

看《战马》

《战马》，是英国国家剧院历时五年精心打造的舞台剧。自2007年10月于伦敦首演，迄今《战马》已在全球演出四千五百余场，斩获纽约百老汇六项"托尼奖"。

昨天傍晚，我坐进中国国家话剧院的剧场，观看了由中国国家话剧院演出的中文版《战马》，甚觉耳目一新，眼界大开。

核心剧情：英国少年艾尔伯特，煞费苦心，将小烈马乔伊养大了，养成一匹健美强悍的骏马。但，战争来了，乔伊被英军征入骑兵团，不得不与主人分离了。历经周折，受尽磨难，骏马乔伊终于在抗击德军的战场上与主人重逢了。至此，人与马两相团圆，一同回到了久别的家乡。

舞台上，场面宏大，气氛雄壮。炮声隆隆大作，马队冲锋陷阵，情景逼真，动人心魄。

我认为，《战马》的主体，还是话剧。或许因于实景演出中，编导让乔伊以大型活动木偶的形象、神气活现地奔驰在舞台上，并同台加入一只见人就咬的老鹅，又加入一群呱呱乱叫的乌鸦，还加入了特定歌者承上启下、画龙点睛式的演唱，所以，话剧《战马》就一改大号，笼统抽象地别称为舞台剧了。

《战马》，演出形式十分新颖，是我从未见过的舞台艺术新花样。集话剧、歌剧、木偶戏于一台，真是别开生面了。用"耳目一新，眼界大开"来界定我自己的观感，实在要算恰如其分啰。

只是，演员们的演技，似乎有待于加强了。早年，我欣赏戏剧大师李默然老先生的舞台表演，自始至终感到美不胜收，赏心悦目。而此番看过某些主要演员的戏作，再听听他们的道白，我总觉得不那么解渴了。

2018年9月8日于北京

欣赏弗拉门戈舞

弗拉门戈舞，起源于西班牙南部的安达卢西亚地区。这枝艺术奇葩的要素，核心是舞蹈，也包含乐奏和歌唱。简言之，弗拉门戈就是一种舞蹈、乐奏与歌唱交融统一的综合性艺术形式。

曾有专家认为，"弗拉门戈"出自阿拉伯语，意为"逃亡的农民"。十五世纪，摩尔人慑于女王强迫其皈依基督教的压力，纷纷逃往深山。在流离失所的日子里，农夫们为了排泄凄苦，草创出一门倾诉心绪、自娱自乐的艺术表演。后来，这门草根表演艺术，便被取名为"弗拉门戈"了。

在西班牙，弗拉门戈舞是人民大众喜闻乐见的艺术特产，经久不衰，日见昌盛。近些年，得益于相关部门大力推广，弗拉门戈舞已经成为西班牙熠熠闪光的文化符号。不仅众多由国家开设的弗拉门戈舞专门舞厅，日日有专业团体隆重献艺，就连一些城镇的小广场，也不时会出现小型的弗拉门戈舞表演。

正宗弗拉门戈舞的演技演艺，男女有别。男舞者致力脚步的移动和变化，女舞者致力肢体语言的表达与宣泄。更为特立独行的怪习是：弗拉门戈舞没有固定不变的模式和套路，完全属于男女舞者即兴发挥性质的灵活表演。歌唱，可长可短；音乐，可强可弱；舞蹈动作，可刚可柔。在吉他、手板和歌者高分贝唱腔的配合下，男演员拼力跺响地板，跳起张狂的踢踏舞；女演员也放浪不羁地摇摆起修长的身条和四肢，舞出撩人心魂的丽姿。整整一个舞台上，流光溢彩，动感强烈，音响喧嚣，气氛火爆，诚可谓轰轰腾腾，令人震撼。

我在安达卢西亚首府塞维利亚，走进专业的弗拉门戈剧场，看了一场经典的弗拉门戈舞。演出时长一个半小时，带有T形廊的舞台上，百花齐放，异彩纷呈。舞夫舞娘们不仅献演了足量的弗拉门戈舞集锦，还以纯正的弗拉门戈方式，演出了微缩版的《卡门》。盯住舞台，聚精会神一口气看下来，让我获得了耳目一新的艺术享受。

我觉得，弗拉门戈舞在浩繁的歌舞品类中，独树一帜，具有鲜明的艺术特色。

其一，表演随意。在我眼中，弗拉门戈舞的演员们绝无拘谨表现，一个个从容自如，潇潇洒洒地进入了自己的角色。男舞者双臂妙舞，两脚巧踢，显得风流倜傥；女舞者荡胸扭胯，力甩长裙，极是花枝招展。这种恰到好处的随意表演，恰恰有利于舞情的连接，使作品落得天衣无缝了。

其二，节奏明快。我面前的弗拉门戈舞，富有明快的快板节奏。踩住鼓手敲击木箱（特制木箱）敲出的乐点，伴随舞娘指缝里手板的脆响，演员们一齐飞脚闪臀，整整一台群舞就欢活快速地律动起来了。我大脑皮层的灵觉里，仿佛当真看见一群摩尔男丁和小女子，满怀生活的欢乐和忧愁，于田间地头酣畅淋漓地放歌作舞了。

其三，动作夸张。弗拉门戈舞的舞蹈动作，十分夸张。不论男舞者的动作，还是女舞者的动作，都十分夸张。夸张的具体标志，有两点：（一）动作幅度大，（二）动作力度大。男舞者一甩臂，一抡腿，一踢脚，无不使足了蛮劲。特别在夯跺地板的当口，舞男们更是倾注了全身力气，将特制的地板跺得咚咚山响。女舞者一腆胸，一转腰，一扭胯，也统统采用了大幅度、大力度。尤其她们在狂撩花裙的时候，心劲心气猛烈张扬，愣把既宽阔又鲜艳的大裙摆甩上了天。举目看去，众舞娘就像一群双翼尽展的大蝴蝶，在花丛上空欢狂地飞舞起来了。

其四，激情四射。弗拉门戈舞，是一种富有强烈情绪因素的动态艺术。整台舞蹈表演中，人性奔放，活力蓬勃，激情四射。而该舞强烈的情绪因素，主要呈现于舞者的面部表情上。我看到，男女舞者的面部表情，或喜，或忧，或笑，或怒，无时无刻不表现出强烈的情绪色泽。眼、腮、嘴，随心而动，变化万千，从而达到了眉目传情、嘴脸传神的艺术目的。

其五，唱腔苍劲。据说，弗拉门戈舞中的唱腔，全都苍劲有力。在我面前的舞台上，为弗拉门戈舞伴唱的歌者，是一位唱功扎实的中年汉子。他放开喉咙，操着沙哑的嗓音，暴嚎暴咏，干脆就是声嘶力竭了。也正是他这种嘶哑暴烈的腔调，使我依稀想象出逃亡农民们风餐露宿的惨象。

其六，美在狂悍。用我的标准来衡量，我看到的弗拉门戈舞，的确很美，或曰美不胜收。但，该舞之美，不是娇柔的美、浪漫的美，而是阳刚的美、疯野的美。与法国巴黎红磨坊的舞蹈艺术相比对，西班牙弗拉门戈的特征就更为明朗了。若说红磨坊花台大舞的美，是柔性的美、浪漫的美、妩媚的美，那么西班牙弗拉门戈的美，就纯属随心所欲、狂悍无羁之美了。

其七，台上台下交融互动。在弗拉门戈舞演出过程中，提倡台下观众与台上的舞者，随时进行感情上、情绪上的交流与互动。看到台上舞者做出某个精彩的舞蹈动作，台下观众可以发出即兴的感叹。随着台上舞者击掌打出动作的节奏，台下观众也要紧密配合，拍响自己的巴掌。于是乎，台上台下相互呼应，便形成了和谐统一的表演整体，收到了满堂轰动的艺术效果。由于观众的介入，弗拉门戈舞的演出形式就更加欢活了，从而增强了这朵艺术奇葩的生命力。

以上七论，算我研读弗拉门戈舞的观后感。应该说，欣赏了一台正宗的弗拉门戈舞表演，是我出游西班牙最宝贵的收获。

2018 年 9 月于北京

解析北欧美色

凡是去过北欧的人,都说:北欧很美,美极了。

今年夏,我携老妻走过俄罗斯,又连相游历了芬兰、瑞典、丹麦和挪威,对北欧四国的风物景致,进行了仔细认真的观察。我也说:北欧很美,美极了。

进入北欧,张眼览过,我简直全身心都被震撼了。那四壤八乡,布满了清澈的江河和湖泊。那漫山遍野,长满了浩瀚无际的大森林。那森林边缘,露出了童话世界里的小房子。那小房子周围,开满蓬勃鲜艳的鲁冰花。啊!北欧真美,美如画。用"青山绿水"定义北欧的美色,真是再合适、再贴切、再精准不过了。

然而,我说北欧美,我用"青山绿水"定义北欧美,更大程度是指环境保护成果上的美,是指绿色美,是指绿化美,而非大自然原始塑造的山态美、水势美。

北欧没有黄山,没有张家界,没有漓江,没有长江三峡。北欧的山,都是形状普通的山,山态平凡无奇,看不出特别的气质。北欧的江河湖泊,其形其状也平凡无奇,看不出特别的风韵。应当歌颂的是，北欧人把老祖宗留下的青山绿水保护完好，对山川水源未施加过半点破坏性开发，使青山绿水确葆了原本的青春美貌。山，还是原始的青山，山林茂密。水，还是原始的绿水，碧波荡漾。在保护好原始森林的前提下，北欧人还广播良种，植下了大片人工林。由是，尽管北欧山态水势平平常常，缺乏引人入胜的奇观，却因森林未遭砍伐、水源未遭污染、林海浩瀚无疆、江湖清澈见底而独领风骚，大美无限了。

　　反观中国，情况就两样了。说实话，华夏老祖宗为后人留下的山山水水，绝对是万分美妙的。我们的版图上，有黄山，有张家界，有漓江，有长江三峡，有无计其数、优美绚丽的自然遗产。就山水奇观拥有量而言，炎黄子孙得天独厚。一百多年前，中国的森林面积也是浩瀚无疆的；中国的江河湖泊，也是水量丰满、碧波荡漾的。在那个年代里，既有黄山、张家界、漓江和长江三峡，又有茫茫林海浩浩水源的中国，笃定是全世界最美最美的国度。"棒打狍子瓢舀鱼"的景象，绝非史传神话，而实实在在就是那时候中国自然生态的写真。可如今，为什么我们的国土上诸多地带都布满荒山秃岭、废水污河而不再美貌大展了呢？原因很悲戚，也很简单，无人不晓。一则，列强疯狂入侵，用战火烧毁了我们的家园，令本来就不富裕的中国人变得更穷了，顾不得保护与美化自己的生存环境了。二则，近半个多世纪以来，贫穷的中国人为索取眼前的经济利益，把老祖宗留下的森林砍光了，把老祖宗留下的丽水搞臭了，于是我们大面积的国土，就显得光光溜溜干干燥燥不再妩媚了。

苍天有鉴，大地作证，真正奇特的山水美景资源，在中国，不在外国。除了黄山、张家界、漓江和长江三峡，我们还有泰山、峨眉山、太湖鼋头渚和黄河壶口大瀑布。凡此等等，数不胜数。一系列名山大川，都是中华民族无比珍贵的地理国宝，曾令外寇们垂涎三尺。即便在当今年月，我们国家这些出类拔萃的山水奇观，也是外国朋友倾心仰慕、梦寐以求却求之不得的。毋庸置疑，在山水自然奇观占有率这一方面，我们中国人确实是幸运的，幸福的。可悲哀的是，国人没有以幸运儿幸福女的身份，保护好绝美的祖山祖水，委实愧对我们的先人了。此系贫困加愚昧铸成的大错，我们也为此付出了生态恶化的沉痛代价。好在，自进入新时期始，受洪水和沙尘暴的教训，国人及时醒悟过来了，认识到自己犯下破坏大自然的不肖劣迹了。既然醒悟过来了，就应该万众一心，雷厉风行，痛改前非。从现在起，全体国民义不容辞的责任，就是要积极强化自身的环保意识和环保行为，努力绿化我们的山野、净化我们的水源，争取早日恢复中国国土上森林无边、水源清纯的原始生态。一旦我国的原始生态全面恢复了，我们广袤的华夏大地，仍然会也必定会展现出青山绵延、绿水潋滟、鸟语花香、美甲天下的自然风貌了。

北欧的美，也包含民居建筑美。那些酷似童话世界里的小房子，地道是精美的，漂亮的。针对这一点，我们既要为人家点赞,又不要忘记华夏传统民居的美学价值,大可不必妄自菲薄。我们中国,就没有足以与北欧小房子相媲美的民居建筑吗?有,有的,中国大有美庐在!江南的小桥流水人家,皖南的徽式粉墙小筑,还有闽南的燕尾脊小瓦屋,不美吗?美,很美,特色显著,秀美有加!然而今天,我们在观赏北欧的乡野建筑时,为什么总觉得人家的小房子是那么好看呢?是那么优雅美妙呢?回头再瞅瞅我们国内的民居建筑,又为什么总觉得咱自己的小镇子小村子粗陋不堪、别别扭扭、完全不见了小桥流水的雅韵呢?原因很清楚,也很简单,智者心知肚明。就是因为,北欧人特别喜爱老祖宗创造并遗留下来的建筑理念和建筑风格,并且将其继承不怠、发扬光大了。他们不仅保护好了史上存留的民居群落,同时在新建屋宇的设计施工上,也绝对把握住了老祖宗开创的建筑理念和建筑风格,不盖与传统民居格调不相同的新房子。由是,北欧的民居建筑群,也就是那些童话世界里的小房子,才展现出古往今来和谐统一的模式和韵致,给人以纯洁美丽的印象了。而我国某些国民呢,在居家心理与建筑观念方面,就显得十分另类了。这群可爱的乡党同胞们,居然搞不懂中华祖先创造的土建文化,欣赏不了祖传民居的构筑艺术,干脆出于粗俗狭隘的实用目的,把祖宗留下的小桥流水全给改造了,改成水泥浇铸的小平房、小板楼了。个别另择宅基另造新居的俗民们,更是抛开了祖上传下来的建筑理念和建筑风格,各自土法上马,盖出了一幢又一幢土里土气的新房子。于是乎,我们现今的村镇,就失去了建筑美色,看上去颇显不伦不类了。周庄、同里、甪直、西递、宏村等，盖因遭破坏的程度轻微一些，历史原貌保留得相对好一些，传统建筑美色相对凸显一些，便首先受到文化人的青睐，被宣介为旅游胜地了。

我不厌其烦长话大啰唆的中心意思，是要说：我们中国民居建筑的原始美，同样不亚于北欧。或许，我们的小桥流水人家，我们的闽南燕尾脊小瓦屋，我们的徽式民居小筑，要比北欧的小房子更具艺术魅力呢！

现实中，最大的土建问题是：从黑龙江到海南岛，几乎所有的新建民居（指散建民房，不包括小区楼群），全都是一个模样。这个模样，就是我在《呼唤建筑特色》一文中所说的那种样子——"清一色的红砖厦，一色清的水泥楼；两层三层者居多，四层五层者亦有；底层放农具、开商店，上层做居室、睡老小"。呜呼！高标准的千篇一律唷，均无特色、皆无美感哟。如此毫无华夏传统色彩的民居，当然比不上北欧精巧琳琅的小房子好看啦。

一言以蔽之，北欧之美，得来并不神秘——完全是保护自然生态环境得来的美，完全是继承发扬传统土建艺术得来的美，概无神助。到处是森林，到处是绿水，属于保护自然生态环境得来的美。森林边、绿水旁，筑有异彩纷呈的小房子，属于继承发扬传统建筑艺术得来的美。两者合二为一，就是北欧美景的根本成因了。

北欧人，尊重大自然，爱护大自然，尊重土建艺术，弘扬土建艺术。这种科学化的品质、意识和理念，真值得我们好好学习噢。

青山如画，绿水如碧，家园如诗，万民之求也！

2017年9月于北京

希望的田野，多希望

民以食为天，吃饭第一。

经历过二十世纪六十年代困难时期的老人，无不关心国家的农业生产和粮食安全。"风调雨顺，国泰民安"，这句遍涂于八方佛殿外墙上的祈语，正是天下老人们共同的心愿。我，尤为一位念兹在兹者。风调雨顺了，良田丰产了，万民衣食无忧了，国家自然就泰和了。

年年又年年，岁岁复岁岁，我都密切关注祖国大地上育满希望的田野。我希望，在希望的田野里，能年年长出好庄稼，岁岁喜获大丰收，确保五千年华夏恒久焕发出国泰民安的熠熠祥光。

只是，星移斗转，雷电频生。世上景致，却常常不以人们的祈愿为转移。天有不测风云，并非戏言。地球村的2020年，就迎头碰上不测的灾患了。

一种极端渺小却穷凶极恶的微生物，愣是忽猛间狰狞发威，疯狂地侵入人体，咔嚓咔嚓噬咬鲜嫩的肺细胞，狠狠重创了蓝天之下最最高级最最伟大的睿智大动物。渺小与伟大，低级与高级,继"非典"之后又一次拼死交锋了。

——新型冠状病毒,以迅雷不及掩耳的速度和洪水猛兽般的势头,突袭全世界,肆意搅乱了芸芸众生的生计,悍然破坏了整个人类社会的秩序,乃至夺走了数十万计鲜活的生命,呜呼!如此残暴席卷全球的灾殃,不啻凶险微生物向全人类发动的屠戮战争。

冷不防遭遇到血腥的屠戮,人类全员理当同仇敌忾,英勇还击。各人种,各国家,必须齐心协力,众志成城,一起向新冠病毒放箭、挥刀、开炮,方可打赢这场惨烈的鏖战。

问题是,境外某些无良当局,面对人世共患的灾难,竟卑鄙地动起了利用灾情攫取经济利益的鬼念头,首先就在人人不可或缺的食品资源上巧用心思了。他们居然丧尽天良和人道,甘与诡异的病毒沆瀣一气,立马禁止粮油出口,狂暴实施食品囤积,妄图等到因瘟疫出现环球粮荒时,再抛售囤积物,横发不义之财。闻悉霸权大国及其爪牙冒天下之大不韪滋出的坏水,连联合国相关官员都惊呼了:疫情蔓延中,或许要发生国际性的口粮危机哦。

鉴于此情,当然我就愈发心动:中国人呐,一定要把饭碗牢牢掐在自己手里啊,并在自己的饭碗里装满我们自己生产的米面粟豆啊!一日三餐,餐餐见饱,才能奋发图强建设祖国啊!咱要用九州处处飘谷香的稳固现实,叱令往昔的饥馑饿魔销踪灭迹,一去不复返呀!不消说,作为一位铭记故国饥荒史的古稀老人,今逢天灾威胁又惊闻外国佬禁止粮食出口,特别是禁止向中国出口农产品的叫嚣，我比以往任何时候都更为关注长城内外大江南北大片大片希望田野上的嘉禾气象了。

然而，身囿防疫局限，我无法随意迈动两脚，赴野外自由行走，便只可借助电视画面，间接观察希望的田野噢。

盖由满腹盛情所致，我从电视里看田野，同样会嗅到土地的芬芳，一如身临其境。

见画面上冰消雪融，麦田返青了，我这颗被疫情禁锢的心，也油然复苏，依稀感受到麦田上的暖风，已经吹进我的胸腔喽。

见画面上的麦苗，分蘖了，开长了，我这颗沐浴春风而复苏的心，即随着麦苗的长势欣然律动，生出了谷香弥漫的冀盼。

见画面上绿油油的麦棵子，拔节了，秀穗了，我的心遂又充满无限美好的憧憬，两眼登时空前闪亮，似乎远远看到金色的麦浪了。

进入五月下旬，当我从电视画面上看到一队队智能收割机轰隆隆开进金灿灿的麦田一举开镰了、国家终于再次获得夏粮丰产的时候，我也终于赢来实实在在的慰藉，暗自嘻嘻欢庆了。

毫无疑问，崇尚"锄禾日当午，汗滴禾下土"的炎黄子孙，绝对能以盖世无双的勤劳品行，在广袤大地间创造出丰厚的农耕财富，让自己的饭碗永远装满自己种出的好粮食，与饥馑永远拜拜了。

我坚信：由肯吃苦、肯下力、肯流汗的中国人代代耕耘着，中华幅员内一片片希望的田野上，必将千秋万载风景如画——阡陌纵横，青苗纷纭，粮仓灿烂——多风采，多诗意，多希望……

2020年6月于北京

说说北京莲花池子

北京莲花池子，是一处相当漂亮的公园。

顾名思义，莲花池子是一湾水，水里长满了莲花。

莲花喜热，盛于夏。夏日里的莲花池子，莲叶滴翠，莲花笑绽，美不胜收。

除了夏，春日里的莲花池子公园，也多花。满园春色，万紫千红，同样美极了。

莲花池子，离我的住处不远，地铁两站路，公交三站地，确实不算远。所以喽，我春夏两季日常遛弯线路之一，便是转转莲花池子。

我每临莲花池子，都是从东侧正门进入的。入园后，有时顺时针走一圈，有时逆时针走一圈，饱览园景，滋润心情，善哉。

春日进入莲花池子，满目芳菲，暗香袭人。四周的垂柳，乍吐新绿，柔姿袅袅。岸畔的春花，竞相盛开，争奇斗艳。桃花，杏花，樱花，海棠花，月季花，连翘花，丁香花；红色的，白色的，粉色的，黄色的，紫色的，杂色的；品类繁多，不一而足。稍后几日，牡丹园里大片大片牡丹花，也暴蕾怒放了。红牡丹，白牡丹，粉牡丹，黄牡丹，紫牡丹，黑牡丹，林林总总，各领风骚。我累蒙了双眼，还是很难将满园香花赏全了。

夏日进入莲花池子，重点是看满池遍塘的莲花了。莲花池子里的莲花，品性高雅，色泽丰盈。别处有的上品莲，莲花池子里都有。别处没有的上品莲，莲花池子里独有。尤其是风雨廊桥两侧的特色莲花，出类拔萃，惊世骇俗，简直就是莲荷一族中的极品了。论花朵，硕大，大约相当于普通莲花的两倍。论花色，柔润，柔润里透出清灵的丽光。大红莲、大黄莲、大白莲、大粉莲，光华细腻，秀色可餐。论花形，奇妙，一花一貌千姿百态。有的大莲花，花形有规则——外圈围着肥嫩的大瓣，内圈密密麻麻挤满渐渐低矮的小瓣，小瓣中央拱出一团绒球似的花蕊，花蕊上面托出一个人头状的小莲蓬。静观其相，酷似莲座之上，坐着一尊小金佛。有的大莲花，花形无规则——花瓣长长的，散散的，而且扭扭曲曲、洒洒脱脱、浪浪漫漫的。扭曲、洒脱、浪漫的花瓣中心，冒出一圈金彩蕊丝，金彩蕊丝中央钻出一个嫩黄嫩黄的莲蓬头。这模样，活像一位妙龄舞女，站在典雅的高台上，甩起水袖、扬翻长裙，翩翩起舞。整整一个莲花池子，水域辽阔，周长约有两公里半。在如此一池宽绰的活水里，植满了各种莲荷，这规模就非同一般了。一眼望出去，水面上莲花挨着莲花，莲叶叠着莲叶，绵绵延延，大美浩瀚，端的令我叹观止矣。不知不觉间，我已被圣洁清丽的莲韵，彻底融化了。赏莲赏到忘我时，何止心旷神怡呢？

大美之所，吸引了芸芸众生。周遭市民，纷纷集结到莲花池子公园里，开展形形色色的文体活动。有人散步，有人舞剑，有人漫玩太极拳。还有一些管弦乐器爱好者，坐在挂满紫藤花的廊架下面，学吹萨克斯，习拉小提琴。一个个恋园者，各行所好，自得其乐。

名气较大的休闲娱乐团体，有三家。一家名为红黄蓝合唱团，一家名为莲花合唱团，另一家名为莲花水兵舞蹈队。两家合唱团，各挑一面印有团号的大红旗，各持一部厚厚的专用大歌本，各带一个管弦伴奏乐队，各出一位专职指挥家，便在各自占领的场地里，轰轰烈烈地唱开了。指挥家动作专业，乐队伴奏合拍合韵，男女中老年歌友们的唱功，也非同小可，皆能较好地唱出音准、音高、音质、音色来。三方要素，紧密协配，生生融合成一处声情并茂的歌咏天地。非但挂名的合唱队员们，专心致志引吭高歌，就连散逛的路人，若有亮嗓的兴趣，都可以随随便便插进队伍里，跟着唱。嘹亮动听的歌声，着实给首都主城区西南一角，添足了蓬勃的生气。水兵舞蹈队的气势，更是生龙活虎，万般雄壮。男舞者，头冠大檐帽，身着茶青小制服，一体干练；女舞者，歪戴国际帽，臀挂茶青超短裙，英姿飒爽；男女相伴，踢踢踏踏，飞转如旋风。每当舞士舞娘们跳起节奏欢快的水兵舞，若干闲客总要齐聚舞场边，笑眼围观。时不时，便会有人热血澎湃，大叫一声：

"好——！"

北京莲花池子，花木葳蕤，环境旖旎。游人熙攘，歌舞升平，日复一日，年复一年。我入莲花池子遛弯，正当然也。

2018年10月于北京

我写《老镇》

生在辽南，长在辽南，半生劳作在辽南。辽南的史风、地气和人烟，熏透了我的灵与肉。

身为辽南一夫子，不可碌碌无为，空享故乡养育；而理应发挥自己的才赋，为老家做出别样的奉献。很早很早了，我就想一借芬芳的笔墨，以文学形式，史记地灵人杰的辽南。换言之，我要笔走沧桑，为辽南大地写出一部沉甸甸的书。

历经山川濡染、烟火熏灼，我胸间积淀酵化，已经酿成了酒香弥漫的腹稿。依稀腹稿斐页，时而灵动，在我痴痴凝神间、怡怡漫步中，也窸窸窣窣地翻开了。我深信，卖出真诚的苦力，自己定能完成腹中的良著。

然而，我是一位业余作家，没有充裕的写作时间。做基层文联负责人，我要天天坐班，处理公务。任职原则，天经地义，不得敷衍。文联，掌管本地作家协会、戏剧家协会、美术家协会、音乐家协会、舞蹈家协会、曲艺家协会、书法家协会、摄影家协会、电视艺术家协会、民间文艺家协会的创作导向，责任重大，职守严肃，绝不可疏忽怠渎。而瓦房店市整体文学艺术之造诣、成就及氛围，在辽宁地面上正经显赫，广受赞誉。所以，我务必拿出主要精力和八小时以内全部时长，一心扑在本职工作上，当好本地区文艺创作导向的大管家。凭纯正人格和一丝不苟的天性，我也绝不容许在自己任期内，让本地的文学艺术风貌变样了，逊色了。舍以精力上巨大的付出，是断然免不了的。就局限于这种身不由己的情形里，我要完成一部长篇小说的创作，谈何容易？

任文联副职时，我同样没有不坐班的时辰。可副职不同于正职，多多少少，我还能够从劳作光阴里找到打理"自留地"的空隙。也得益于主管领导和当任老主席的关照，我真就常常获得了多则两三天、少则半天一天零零碎碎的创作假。便抓住金子般的短假，我心无旁骛，急著自己的第一部长篇小说。那份不无规则、不无清晰、线条明朗的军旅题材，早已显形于脑海里，我实在不该放任惰性，再番延误创作了。情激之下，亦算委实无奈，我竟大胆地蹀入旁门左道，采取"一稿成"的下策，加速爬格子。理清文路，搞好构思，我便端坐稿纸前，不打底稿，起始就一个字一个字清清楚楚地往纸面上摆，一笔定乾坤。写写停停，停停写写，间歇性笔耕半年余，我便比较顺利地将长篇小说《下级军官》写出来了。回头瞧瞧，尽管是"一稿成"的作品，可《下级军官》的文学水准和艺术水准都还不错，也得到了春风文艺出版社的肯定。该社以较快速度，将《下级军官》隆重地推出来了，获得了相当可观的发行量。军中有名言，时间意味着军队。或可曰，时间也同样意味着作品，意味着创作成果。有了时间做保障，好作品必将应运而生。

可这一回，做了主管，天天坐班办公，我就妄想再有创作假了。没假，却执意要写一部厚重的书，主观意愿与客观条件大相径庭，无疑构成了天大的矛盾。

而我，主意既定，势在必行。大厦起于念，成于工，我绝对要毅然行动了。

推敲再三，我给这部状写辽南变迁史的长篇小说，择名《老镇》。

渤海东岸复州湾，古名五湖嘴。其地形海貌、资源物产，与"老镇"近似。我多次踱步复州湾小镇，看山，看海，看渔船；看小铁道，看小煤矿，看广阔辽远的大盐场。沿途，我也看过两处破败的老庄园，留下了鲜明的印记。《老镇》里老镇的地域风景，便渐渐在我的意识里明晰起来了。

更为重要的写作准备，在案头。我静下心来，参阅了大量相关的文献。全套"伪满文史资料"，以及《满族大辞典》《瓦房店市志》《金州志》，我都详尽地阅读了。确切地熟悉、掌握了所需掌握的史料，为我执笔开篇，打下了坚实的文化基础。

小地方的"文学艺术界联合会"，同样是当地党委领导之下一级正儿八经的群团部门，麻雀虽小，五脏俱全。我每天面临的事务，也挺多，也挺杂。下属协会有活动，我必须到场，讲几句话。各文艺行当的朋友，光临我的办公室，我自当好生奉陪，畅聊艺术。城乡文学作者，彬彬然走进了文联的门，我更要热情接待，以文会友。"文联是文艺工作者的家"，并非空话；从业者"家人式"服务，理当名副其实。打给我的电话，我要认真接听。有了会议，我要准时与会。杂七杂八，琐事络绎，业务缠身。这就决定，我必须首先制订出一套详细、周延、实打实的写作提纲，然后依纲运笔、"按图索骥"，方能有条不紊、循序渐进地写成大文章，拿出作品来。否则，笔下进入某情节，忽有贵客来访，便必定打断你的思路。已而，送走客人，你回到稿纸上，那情绪、那逻辑、那笔头，还能接上茬口吗？难，太难了。

于是，我启动全部智慧，郑重其事地开拟提纲了。

遵照心目中深蕴的题旨，我作出了全盘设计。第一步，我设计出《老镇》的社会概貌、山川风物。第二步，清晰设计出家族、人物、家族链、人物链、社会网。第三步，通过深入琢磨，我把人物心理、人物性格及重大事件，也设计出来了。其中，社会形态及事件脉络，必须吻合真实的历史框架；非如此，便谈不上历史变迁了。

全盘设计完成后，我进入了具体的提纲拟订程序。在编拟具体写作提纲之前，我给自己立下一个雷打不动的落墨原则。一是，绝对写好人物，立起人物。小说，以写人为本。特别是长篇小说，更以写人为根本。写《老镇》，把人物写真、写实、写像、写是、写活，乃笔下第一要务。每个人物的品貌特征，包括形象、性格、心理、日常习惯，都要恰到好处地凸显出来。捧出一个人，就"是"这个人，切勿眉眼模糊，似是而非。亦不可群脸相像,千人一面。二是,语言绝对要讲究,力求做到——精细精到、老辣老到、字字句句富含文学味和艺术味。作者叙述,一概使用文化语言。人物对话,要说地方话。辽南汉人发问,均称"怎?怎么?什么?干什么?"禁说"咋?啥?"不能把辽南原住民,写成了北地人。三是,文脉流动要合情合理,艺术逻辑要通达顺畅,切实体现出整部作品的完善性,不露半点破绽。还要隐掩年月,免将小说写成流水账。

就恪守这一创作原则,我开始编织最具象、最详细、最适于操作的写作提纲。起头,我打出了三万字的小提纲。通过反复推敲、反复校验、反复修正,三万字的小提纲日臻成熟,并绝对成型了。于此基础上,我胸怀《老镇》全局,继而将三万字的小提纲节节细化、节节加重、节节放大,逐步放大为十万字初具作品规模的大提纲。在浩繁而缜密的大提纲里,我基本托出了长篇小说的雏形,甚至将重点人物的重要语句,都一一标记出来了。走到这步田地,我才算真正把写作《老镇》的准备事宜,全部做妥了,做扎实了。

有了十万字大提纲,便等于我本番创作成功了一半。当即,我全力以赴,默默投入了实稿写作。书写台,就是我的办公桌。左手边,我摆出大提纲。正脸前,我铺下稿纸。其时,我尚未开始敲键盘,仍使用钢笔写字。我扌主住大提纲,不丢不漏,起笔落笔自如从容,笔笔遂顺。朋友们来了,我停下笔,接待客人。客人走后,我立马查阅稿纸上的新墨,与大提纲相对照；贯通了，继续写。接过电话，开完会，我以相同的方式，捉笔再书，真就做到了有序连结、天衣无缝啰。

扎扎实实，兢兢业业，我没有白白放跑一寸光阴。无暇顾及"自留地"的时候，我一心一意坚守本职，干好分内的活。公事不忙了，得便了，我即麻溜揽住稿纸，写上几笔。诚可谓见缝插针，日复一日，经久不懈。我那副守住大提纲、孜孜不倦伏案著书的呆样子，一准给身边的同仁们造成了视觉疲劳，后来大伙干脆就面对我的呆相视而不见、熟视无睹了。在确实保证不影响任何正常工作的前提下，我这部近四十万字的长篇小说《老镇》，就是趴在办公桌上一笔一笔写成的。其间干扰无穷，笔速迟缓，写作耗时难免过于漫长了。然而，也正是缘在"因我制宜"，因个人实际处境制宜，采取了非常管用的笨法子，我才"排除万难"写出《老镇》，完成了平生里一项重大的写作任务。也正是因为我目的纯粹，毫无功利追求，写得很认真、很严肃、很冷静、很沉稳、很精、很细，所以《老镇》初稿乍一出手，就显得成色饱满，令我自己颇感满意了。

书稿完成不久，我身任公职的好时光，竟也度到了"退居二线"的年龄档口。便利用离岗后的闲日子，我将厚厚一摞老稿稳稳摊开，紧盯页面上的人物形象，紧盯作品人物的心性，紧盯故事里所有的大情节小细节，屡屡打磨屡屡润色，终使《老镇》拥有了接近本人理想标高的精度、质地和韵致，达到了自家基准上难能可贵的艺术品位。《老镇》由江苏文艺出版社出版后，深受专家学者们褒奖，已被中国现代文学馆收藏了。

前两年，经过必要的艺术反刍，我很想改动原版断崖式的结尾，决定再次修订《老镇》。遂，静心伏案，忘乎三界，孜孜矻矻遣笔播墨。一番搓弄，原著出新，增加了五万字的篇幅。人物，更丰满了；韵味，更充足了；结局，更完美了。字里行间，锦上添花了。仿佛，《老镇》豁然再露笑脸，变成一部新作了。

有专家说，《老镇》富含文学价值，是一部难得的艺术架构。有专家说，《老镇》颇富史学价值，将对辽南史的研究，提供借鉴。听到夸奖，我如闻香风，固然欣慰。而老夫心中最伟大的慰藉，则在于：我总算兑现了神圣的初衷，终于为地灵人杰的故乡老复州，写出了一部有分量的书。作为辽南籍的老作家，我问心无愧了。

但愿我的《老镇》，能在文学百花园里久沁芬芳，永葆风采。

2021 年 5 月于北京

小孙女上学走花径

小孙女上学下学，必走一条漂亮的花径。

花径不长，却曲曲弯弯，颇见诗意。

路面，仅宽两米余，由环卫工人铺上了暗红色的塑胶。花径两侧，置休闲椅。赤径艳朗，放出温馨的光。

更出彩的景物，是曲径外缘的花木。有花木夹道，方称花径。矮岗上，长满了松、枫、柳、槐、榆、椿、小叶白蜡和山楂树。树与树间，遍植琼花、海棠花、丁香花、迎春花、太平花、郁香忍冬和一些叫不出名的小杂花。一溜壮龄中国樱，沿径俏立，独成樱廊。清明时，樱花怒放，十分喜人。还有厚厚一片菊叶趴地草，也开出嫩黄嫩黄的花朵朵，沁出漫漫芬芳。小径春蕾尽绽，花影绰约，不啻童话里的小天地。

说花径，联上了童话，不为过。因这条曲曲弯弯的花丛中小道，是娃娃们上学下学必经之地，正经蕴含了八分童灵味。由小径上过往的客人，就是一群天使般清纯童真的小孩子，灵光四射。家住附近的男娃女娃，或由爷爷奶奶姥爷姥姥牵领着，或由爸爸妈妈陪护着，全都蹚着这条花间小径，嘻嘻上学，呵呵回家。当顽皮小子脚踏塑胶相互追撵的时候，当女孩们拱进树丛追蜂扑蝶的时候，花径里愈发弥满了童趣。满路花香，满路童谣，岂止美轮美奂呢！

我的小孙女妞妞，入学两年了，天天一往一返，都要走过这条花径。我与老伴，送孙女接孙女，便也每日一往一返，频频遛过这条花径。花径美丽，我们的心情逢花添彩，也美丽。小孙女妞妞，内秀独具，每每会在花径上，走出自己的快乐来。

阳春花盛日，正是妞妞曼舞花径的好时节。早晨上学，限时进校，妞妞从不懈怠脚步。她觑眼瞄瞄丽花，再张大鼻孔嗅嗅芳气，便颠颠达达朝学校跑去了。而放学后，情景就两样啰。小孙女一入花径，脚下的小故事就幡然更新了，别样生动了。她会拿出学过的舞蹈范儿，袅袅走向丁香枝头，赏花蕾，闻花香。闻过紫丁香，再闻白丁香，眉眼灿灿，好不陶醉。樱花落红，她会蹲在花树下，收捡粉嫩的花瓣，珍藏不逝的美。依稀，她留下妩媚的花瓣，便留住了妩媚的春光。不消说，妞妞的故事，将曲曲花径渲染得更绚烂、更欢活、更有意境了。

樱花盛开那几日，小孙子淘淘也被奶奶带进了花径，迎接放学归来的小姐姐。花盛，奶奶心也盛，管自教淘淘看花，逗孩子玩草，纵享天伦。淘气包小淘淘，耍得热血澎湃，干脆匍匐在红色塑胶软径上，兴高采烈地爬动起来了。小崽子一边欢快地爬着，一边乐嘎嘎地叫，唱出了动听的乐符。便在淘淘的叫声里，姐姐由爷爷牵着，真就打花径一端走过来了。姐弟俩碰了头,即相互拉扯着,沿那条红彤彤的花径,蹦蹦跳跳地跑开了。

再过半年,秋天来临,花径同样是所有小同学的乐园,也同样是妞妞的乐园。在爷爷记忆里,妞妞入秋走花径,走出的故事更别致,更精彩。她会徜徉在草地上,左顾右盼,选捡霜毛下殷红的枫叶。她也会蹀进墩状植被里,一步一停,寻觅昨夜梦中的野果。遇见一枚好看的叶子,她会咯咯一笑,先自叫好了。随后,她便捻起红叶,平平贴到掌心上,愣把小手扮成了红掌花。每每,目睹小孙女玩兴正浓的样子,坐在木凳上歇脚的爷爷,都会眯住自己的老眼,静赏福景。更甭提我这老爷子心里,有多么惬意了!

无论春,还是秋,小孙女妞妞走在花径上,都走出了一道好风景。

花径是一首小诗,小孙女妞妞也是一首小诗。

2021 年 5 月于北京

做客全聚德

北京全聚德烤鸭店，闻名五大洲。全聚德大师傅烤出的鸭子，誉满全球。做客全聚德，品尝北京烤鸭的好味道，无疑是一种高等级的生活享受。

1974年秋，我与空四军另三位宣传干事，同在空军学院院内的军政干部学校学习。一个周日，四名青年军人步调一致，雄赳赳地向全聚德挺进了。于是，我平生第一次吃到了传说中的北京烤鸭。

全聚德老店，坐落前门外，是一座不大的青砖小楼。小楼造型清灵，风韵独具，陈设优雅。我等坐在木桌边，可以看见挂炉里的肥鸭，徐徐泛黄，渐渐发焦，慢慢变成一个溜光锃亮的橙色大肉球。那玩意儿，璀璨极了。

大师傅将新出炉的烤鸭端到我们眼皮底下，很娴熟地削出脆皮和肉片，随以传统老手艺摆花似的把作品摆入桌心里了。等配齐了薄饼、葱丝、甜面酱，他礼貌地说出一声"请"，便微笑着退下去了。

我攥起一枚黄朦朦半透明的脆皮，搁嘴里一咬，齿感颇爽。又照店家传授的法则,拿来一页薄如纸的饼膜,包住肉片葱丝和酱糕,填入口中再一嚼,舌尖顿生鲜香。接着,我喝下一匙鸭骨汤,那滋味就更有意境了。而三位同伴的眉眼,也别样生动,满面洋溢着神妙肉香激发出来的悦彩。嘿,雅座雅,佳肴佳,青春战友正青春,谈笑风生打牙祭,其乐融融唷。

于我而言,初入全聚德吃烤鸭,堪称经典美餐。也正是缘于经典性地下了一回京城大馆子,全聚德烤鸭在我心目中留下了不泯的魅力。

然而此后二十余载,我却愣对全聚德敬而远之了。二十世纪八十年代中期,我在国家劳改总局"帮助工作",就住公安部大院里的宿舍,距全聚德小楼近在咫尺。但是,我没再往烤鸭店走近一步。十年前做客全聚德,纯属亲密战友间集体行为,个人不好缺席。而如今,情况则两样了。家有老母,孝道至上。既然远离京都的老母亲无缘吃到北京烤鸭,做儿子的我就绝对不可再进烤鸭店了。

得益于工作关系,我也是个走南闯北的人,见过太多太多好吃的东西。家母健在年月,我不论走到哪里,我不论见到何等光鲜迷人的食品,我始终我行我素——凡是老母亲没吃过的好嚼咕,或囿于路遥我无法带回家的奇食,我不仅不会买来独自品尝,就连看它我都不想多看一眼。天理勿违,家慈还没吃到的珍馐异果,我岂可探嘴在先?唯遇公务宴,那就例外了,知孝莫犯愚,不吃白不吃,我当然要踏踏实实地在宴桌旁边坐下了。

家母仙逝以后,逢有外出时光,我才开始有选择地分享他乡口福。也正是在这个背景下,我第二次走进了一直向往的全聚德烤鸭店。岁近花甲,退离岗位,我便利用一次旅行机会,特地带上老妻路经北京,回访了全聚德。那时节,全聚德扩摊了,除保留了前门起源老店,又兴建了一处全聚德总店,还下设了几家分店。自然着,我就携妻走进和平门总店,要下了半只肥烤鸭,好生受用。烤鸭瑰丽依旧,芬芳依旧,不失原始"色香味",令我兴头大振。初食烤鸭的妻子,也悠悠点了几下头,以其恬淡的女人风度,赞美了美食之美。

或许是受到我的影响,我儿子亦对全聚德烤鸭情有独钟,时存惦念。2009年9月底,儿子做好一番安排,即带上他刚满两周岁的女儿康妮,也带上了老爸老妈,从南京一路跑到了北京,专事国庆观光。国庆节当日,赏过了首都核心景致,儿子就拢齐一家人,款款地走进了和平门烤鸭店。喜受儿子孝举,我也就不无得意心歌再咏,第三次到全聚德里做客了。老少三代安坐总店内厅,十分开心地吞掉了一只烤鸭,外加一盘京葱烧海参。乖孙女小康妮的吃相,特烂漫,特美丽。她掬起爸爸替她裹成的肉饼卷,嘻嘻咬下一口,嚅嚅嚼玩着,双唇勾成了小莲蕾。

食后,我认定:烤鸭的味道,一如既往,发散出强烈的诱惑力。纯粹的脆、酥、嫩、香,是全聚德烤鸭固有的属性和品质。这般优秀属性和品质,降伏了源源中外食客,诚然也降伏了我。不消说,我愈发喜欢上北京烤鸭了,愈发爱吃北京烤鸭了。

　　正巧，后来这些年，我客居京师，想吃烤鸭就方便多了。忽一日，我偶感胃虚，即与老伴双双踥向和平门，到全聚德总店里坐下喽。半只烤鸭下肚，心满意足，老两口便像成功编撰完了生活中一段小故事，飘飘然打道回府了。又一次，我的二孙女小睿妮发了一声嗲，喊："爸，咱吃烤鸭去吧！"当即，儿子就将一家人带入全聚德总店，点下一只烤鸭和几碟配菜，欣欣开餐了。睿妮嚼到兴奋处，竟倏猛抓起湿餐巾，在桌面上画出一个液迹闪烁的小鸭崽，俏皮地嚷："这只水鸭，也叫厨师叔叔烤了吧。烤鸭烤鸭，喷香喷香，超好吃呀！"店嫂见我的小孙女活泼可爱，就盛意拿来两只黄灿灿胖柔柔的毛绒鸭子，做礼物送给孩子了。

　　哦，香飘四海的全聚德烤鸭，善哉！

　　前几天，我孙子淘淘过一周岁生日，阖家欢庆。身为爷爷，我天然要选在中华老字号全聚德里，摆出一桌盛宴啰。煌煌阳光下，能够莅临淘淘生辰家宴的近亲，全都兴冲冲地赶到了全聚德烤鸭店。在布置一新、花团锦簇的包厅内，我们男女老少长幼妇孺齐聚一堂，呷蜜啄酒，喜气洋洋！

　　似乎？我与我的家人，也做成全聚德的常客了？嗨嗨……

　　我非美食家，却喜爱美食老字号。热望五千年古国的老字号名馆子，都能永葆原初老本色，不负芸芸天下客啊！

2020年初冬于北京

羡慕青年人

青年人，是诗——清新美妙的诗。

青年人，是画——七彩绚艳的画。

男青年，是冉冉升起的朝阳；女青年，是晨霞里带露的花。

正是有了青年人，这个世界才生动，才灿烂，才瑰丽。

我，也青春过；我，也灿烂过。是，是的。

凭借从父母身上继承的睿智，在一片琅琅读书声中，我做了尖子生。

怀着不服时运大逆的火性，我咬牙冲出罪恶光阴的黑洞，闯入军旅，做了一名贡献不俗的普通一兵。

我与我的另一半，双双发扬艰苦奋斗的老传统，苦中育乐，筑就了一户生机勃勃的芳巢。

我憧憬作为，顽强奋进。一个酷爱数理化的好料子，未成物理男，未成化工男，却在坑坑洼洼的文学曲径上，踏下了一串不深不浅的脚印。命运，塑造了命运，我认可喽。

青春，等于奋斗。幸福，是奋斗加奋斗的和。

心，一直青翠。魂，一直鲜绿。然而，然而哟……

屈从于"然而"，便只有无奈了。

被日月温文尔雅地推向耄耋，我不能不说自己老了，真的老了。惆怅复惆怅，我开始羡慕青年人了。

红男绿女，莺歌燕舞，活力四射，多好哇！触景生情，我难免怀旧，痴痴回望自己的青春。

——依稀，我回到了少小读书的工字型大房子，听见了同学们突噜噜背诵俄语词句的怪音儿。

——依稀，我回到了大上海，坐进三轮摩托车的铁斗，穿过衡山路延安路，给《文汇报》《解放日报》和人民广播电台送稿子。

——依稀，我回到了省政府的文化代表团，款款登上空客A320，飞向太平洋的彼岸。

——讪讪着，我还打开了电脑里储存的扫描相册，欣赏自己和老伴青年时摄下的小照。每每看到妻子青春期的模样，我胸腔内便豁然一亮，旋起一股馥郁的风。嘿！当年那个不算十分漂亮的大姑娘，现如今竟明显仙化啰。那头影，那体形，那风采，还真就如花似朵哩。拙稚的小辫、高挺的胸脯、丰润的脸颊、恬淡的微笑，都变得愈发醇厚、愈发纯情、愈发妩媚好看了。

仿佛哎，人生端的如梦。不知不觉间，一对相濡以沫的小夫妇，都老了。

好在，我灿烂过了，瑰丽过了。好在我俩，都灿烂过了，都瑰丽过了。这灿烂，这瑰丽，正是生命价值的光耀。

吁——！青春，一去不复返的青春，给我留下了珍贵的回忆。

2020年6月（华龄77）于北京

散文

（二）

远访襄阳古城

襄阳，是一座美丽的古城，闻名华夏。

唐李白《襄阳曲》唱道："襄阳行乐处，歌舞白铜鞮。江城回绿水，花月使人迷。"足见，上溯到古代，襄阳就是一个歌舞升平、风采迷人的好地方。

我决定：远访襄阳。

2010年夏，我携老妻，自南京家宅出发，一路上乘火车搭汽车，于日落时分风尘仆仆地赶到了襄阳。其时的地区府号，叫襄樊。乍抵城边，我即生出了满腔惊喜——就有一幅生动而壮阔的画面，映进了眼帘：一条大江，汹涌奔流；大江两岸，分立两座风貌各异的城厢。水泱泱，城朦胧，蔚为大观，确系风水宝地。这种跨江构筑的城市格局，委实太漂亮了，太富有地域灵光了。

选定酒店，涤净路垢，我安安稳稳地歇过了一宿。翌日一早，我与老妻便探脚襄阳古城，四下溜达开了。我看到，古城里的老街老巷，挂满了老招牌、老幌子和红灯笼，商号遍布，古风弥盛。更为抢眼的是，处处摆满了土模土样的小食物，花色繁多。我们选中几只小巧的麻饼买下来，边走边嚼咕，逍逍遥遥正经开始观光了。

　　襄阳城的鼓楼，是必看的胜迹。鼓楼位于方城正中，乃地标古建筑，高三层，气宇轩昂。我细致入微地观察了墙基、红柱、花窗和飞檐，深为鼓楼之魁伟大气所打动。我敢说，在华夏古城的钟鼓楼子当中，襄阳鼓楼无疑是又一杰作。如意完成一处名胜鉴赏了，我的审美心理便获得了极大的满足。离开鼓楼，我心无旁骛，着意寻找古城中另一胜迹——绿影壁。左打听，右打听，费尽了周折，我与老伴才在一隅杂乱的地角，觅到了那个深藏绿影壁的大院。然而，胜迹已"废"，不再与世人见面了。可远道而来的我，一心还想看一眼资料里隆重介绍过的绿影壁，就索性开嗓叫门啰。结果，竟有一条大狼狗汪汪窜出，气势汹汹地朝我们老两口扑过来了。氛围好瘆，放射出混黑的恐怖。好在栅门紧闭，挡住了恶犬，我俩万幸没有受伤。

　　带着无法忍受的扫兴和遗憾，我与老妻踮足城边，嗨嗨登上了古城墙。散散漫漫赏瞧过饱含历史故事的夫人城，并在城墙上尽情地走了走，我腑中的憾意才慢慢消失了。站在城头上，居高临下撒目了一大圈，将城内城外的景物全部收于眼底了，我才彻底恢复了心趣，重又转入兴奋状态了。

　　下得城墙，我携老妻由临汉门出城，在城门外的汉江边款款徜徉起来了。不无宽绰的江畔，修饰一新，景致多彩。靠近城墙根一侧，是路，人来车往。紧临大江一侧，是堤台，绿树成荫。休闲的男女老少,悠然坐在绿荫下,笑觑江浪,面放仙光。也有人蹲于临水堤台的底阶上,手握鱼竿,默默垂钓。芸芸众生的日常浪漫相,由此可见一斑了。

按计划,我踏上临汉门前的小码头,乘船渡江。船过江心,我特意瞄了瞄江面,观感奇佳。那浩浩江浪,虽非李白笔下的绿水,却也呈现出淡蓝色的幽晕,很好看。到达对岸,我怀着十分崇敬的情绪,径直走进了米公祠。此一古存,原名米家庵,为米芾所建。米芾,号称米襄阳,乃北宋书画大师,与苏轼、蔡襄、黄庭坚同称"宋四家",备受文人景仰。在米公祠里,面对珍贵的藏品,我频频驻足,目不转睛,深切拜读了苏黄米蔡的墨迹和碑刻。一种沉沉陶醉的文化情味儿,油然而生喽!

返回汉江南岸,我的游兴非但未减,反而愈发浓烈了。于是,我再次登上了襄阳古城的城墙,二度居高览胜。凭借女儿墙上的大口子,先朝城内望了望,见鼓楼端立、街市欢闹,我胸间旋即充满了温馨气。转过脸来,又欣欣乎冲临汉门上的城楼瞅了瞅,我顿觉那座原本不高的小楼阁,也幡然变得高大了。暗暗发过一通赞叹,我继续移动两眼的视线,徐徐瞭向了城门外的长川大河。霍地,我空前愣怔了,惊诧了。我猛然发现:眼前的汉江,似乎比我昨日初抵襄阳时所见到的大江更宽阔了,更清明了,更加浩荡了。一东一西两座大桥,凌空飞跨,将南岸的襄阳与北岸的樊城双双牵挽,紧密连接在一起了。襄阳壮丽,樊城妩媚,正是姐妹共婵娟,同饮一江水。

喔！吁吁，我的视野里，全图全境布满了好景象啊，浩浩一大片丰美绝妙的好景象啊！

不见了白铜堤，也没了行乐处，两岸上自有琼楼群立、芳花漫漫，端的是风光如画哟！

今日的古城，更可爱了。

2020 年 7 月于北京

瞧梧州，赏骑楼

广西梧州，地处西江、桂江、浔江三江交汇口，是一座风光秀丽的城市。

水，乃天地灵物。梧州地域之美，正在于三江交汇。

我与老伴到达梧州的时段，正值傍晚，太阳放出了耀眼的金射线。我们便披着金辉，直奔西江岸边，尽赏辉煌的江畔暮色。

但见：岸堤后面的楼群，泛满了金光；岸坡上的花木，泛满了金光；岸坎下的江水，尤其泛满了金光。处处金光，一片辉煌。

老两口背对金粼粼的江浪，面朝金晃晃的垂日，与难得一遇的西江金景合影了。自然啰，我俩在镜头里，都被夕阳镀成了小金人，浑身上下同样泛满了亮闪闪的金光。

嚯！我们也神了？放光了？

翌日晨，赤霞满天，我与老伴走出酒店，沐浴着桃红色的霞晕，再赏江景，赏晨霞里的江景。老两口漫步江堤，一赏桂江，二赏浔江，续赏西江，着实大饱了眼福。欢活的江水,被霞光穿透、染透,反焕出艳朗的桃花红,瑰丽无比。因晨温偏低,江面上霭气蒸腾,像缥缈的清烟。清烟与霞彩交映着,给江面蒙上了一层桃花纱,造化出灵动的仙象。满目桃红色的光,满眼桃红色的景,妖娆极了,玄妙极了。我们站在朝霞里,毫不例外亦被霞光化了妆,依稀穿上了桃红色的盛装。嗨!天美地美江水美,纹络满脸的老两口似乎也汕汕变美了。

饱览佳景,放飞心情,我兀自有点飘飘然喽。

一路逍遥,赏过三江,又去龙母庙景区转了转,我与老伴便郑重其事地走进了河东骑楼区。梧州骑楼,闻名遐迩,我们当然要深入地看一看了。

1897年,依其得天独厚三江汇流的地理优势,梧州被辟为通商口岸。开启码头,云集商贾,梧州的城建风潮也随势涌起了。而适用于南国既遮雨又遮阳的骑楼,即应运落生了。

底层临街一侧带有通行廊道的楼厦,就叫骑楼。这种建筑模式,遍布江浙、福建、两广一带。只不过,梧州的骑楼比较集中,业已形成规模了。

梧州河东老城区现存骑楼五百余幢,分布在大东上路、大东下路、沙街、大南街、小南街等处,冠号中国骑楼城。骑楼城规模之大,占地之广,国内罕见。

走进骑楼城中,我观感清爽,耳目一新。我看到,石板铺就的小马路,干干净净,一尘不染。路边,摆满了花卉、盆景和吉祥物,饰风不俗。中西结合样式的小楼,多为三层或四层,安立在石街两侧,布局考究。幢幢楼窗上,挑出五星红旗，挂满了红灯笼，洋溢出温馨的喜庆气。好一派优雅大方的骑楼特景，欣欣向荣，美不胜收。我们穿街走巷，优哉游哉地踱了踱、遛了遛，正经落得个满腹欢慰，其乐融融噢。

逛至中午，我俩就在骑楼城的餐馆里吃了饭，品尝了桂东菜肴的真味道。

华灯初上，梧州变得更迷人了。骑楼城之夜，霓虹闪烁，璀璨迷离。灯火通明的闹市，给河东老城增添了别样的风韵。条条石板小路上，搭出红色摊亭，摆足了各色商品。小美食、小百货、男靓履、女霓裳，应有尽有，琳琅满目。游人复熙攘，笑声又鼎沸，展现了蓬勃的生机。还有青年人悠扬的恋歌，也在灿烂的灯火里依依飘浮、迭迭回荡，唱出了新一代的诗意。不消说，骑楼城一经送走落日，就迎来了盛状宏阔的不夜天。兴旺哎，昌隆哎，发达哎，皆在拳拳追求与不眠的努力之中了。

全天候、全方位游过梧州，我心里实实在在留下了亮丽的印记。

昼梧州，夜梧州，都是画，都好看。

得三江，设骑楼，梧州魅力动人，实属旖旎家园唷。

2020 年 8 月于北京

桂平西山考

广西，有一条丽水，叫漓江。

漓江，我先后三次漂游过了，爽。

广西，有一座名山，叫桂平西山。

对桂平西山，我向往已久，自然也要攀一攀、考一考了。

资料记：桂平西山，又叫思灵山，以"林秀、石奇、泉甘、茶香"著称于世。自南梁王朝于桂平设郡起，桂平西山便逐渐晋化成游览名岳和佛教圣土，被古人誉为"别有天地"。西山景致，分老八景，新八景。老八景，分别是：官桥秋柳、云台曲水、忠勇松涛、碧云石径、龙华晚眺、乳泉琴韵、古洞仙踪、飞阁月明。新八景，各名为：灵湖叠翠、险峰朝阳、虹桥鼎泉、长峡会仙、龙亭观日、栈道悬碧、松海听涛、濂溪飞瀑。西山新老十六景，美妙如画，久负盛名。

我想登此名山，却迟迟未见行动，岂非欲而不为？怪怪哉？

不怪。盖因桂平地处偏远，交通不便罢了。

2011年秋，我携老妻取道梧州，搭乘一辆老旧的巴士，在低等级公路上颠颠簸簸跑完两个多钟头,终于抵达桂平县城,来到了西山底麓。

翌日,阳光明媚,万里无云,正是登山的良辰。老两口精神抖擞,步履款款,不无期冀地走进了山门。举目仰望,但见西山古木参天,峰峦葱茏,蔚为大观。

可我万万意想不到,我不远万里慕名而来的风光宝地,竟少有访客,人影稀疏。遂也难免心生小惑,略感怅怅了。但,名山毕竟是名山,我自当全神贯注,好生一游啰。

览罢洗石庵,察毕李公祠,一觑画亭,二瞄龙潭,我们便踏入了老八景之一的"碧云石径"。迎面跃现的景物,是一道黝黑的石崖。上镌三个正楷大字——碧云天。字形方正,字力苍劲,字风凝重,堪称华章。无疑,西山之美景,已在书家眼中升华为仙境了。

拾级而上,我俩洗净凡心,虔虔拜望了龙华寺。赫赫岭南名刹,殿宇雄壮,香火芬芳,令我肃然起敬。更见殿前苍岩巍巍,更有殿周绿荫浓浓,都充分地为这座千年古刹添足了神圣的气氛。

拾阶再登,我们来到又一处老八景"乳泉琴韵"界内。此地主要的景物,是一眼古井,内有乳泉,号称乳泉古井。古井侧,特设乳泉亭。古井后的石壁上,嵌有文字牌,简明写道:"乳泉,源于山岩深处,因时有白色乳水涌出而得名。县志载,乳泉'不竭不溢,泡茶茶香,酿酒酒醇',乃陆羽《茶经》所记泡茶最佳的'石乳水'。宋时,邑人以乳水作礼,逢客而赠。

孙中山曾小憩乳泉亭,品尝用乳泉水泡制的西山茶,笑赞味芳。"我对准井口,细细端详,发现水质确实微微泛白,还真像一潭天然的清乳。却,听不到山泉涌流鸣若琴音的汩汩声,也就难解"乳泉琴韵"之意了。大约哎,古有雅士迷恋乳泉,常居泉边鼓琴吟诗,替八景取名的地佬方家们才以此为据,将"琴韵"和"乳泉"生生连成一体了吧?几经思度,我不揣冒昧,断然肯定:这口盛满乡土故事的乳泉古井,绝对是桂平西山最为核心的原始景观噢。

继续登攀,我与老妻不费大力,就走进了李宗仁于1924年建造的中山飞阁。论阁容阁貌,无奇可赏,不过是一座普普通通的小建筑。而民国老臣于右任先生题写于匾额上的"飞阁"二字,倒是教我眼光大亮了。草书"飞阁",墨韵浑厚,结体简洁,笔力坚实,笔道明快,龙腾凤舞,神采飞扬,真真令我崇拜不已啰!一赏再赏,福眼未饱。少不得,我就连连按下相机快门,收藏了这份珍贵的墨宝。我敢说,于老先生留下的"飞阁"真迹,不啻是当代不可多得的书法极品啊。

赏字之余,顿有感悟:西山老八景之"飞阁月明",绝非昼彩,纯属夜画。于是我恋恋不舍地离开了"飞阁"匾,抓紧时间朝下一个观览目标进发了。

由中山飞阁往上爬,山路上就只剩下我们老两口了,再也看不到别的游客了。我俩踩牢覆满绿藓的石径,孤孤零零攀爬着,攀爬着,掠过姚翁岩,擦离吏隐洞,便姗姗到达新景点——半山亭。半山亭的主体,为六根仿形四节竹茎的水泥圆柱子。六根圆柱上方，联相托起一个佛塔式的瓦盖儿，亭子也就搭成了。其主旨设计意象，是"六根、四节、空心、清净"的竹子，全取佛家"六根清净，四大皆空"之念，意蕴高深。可老实说，半山亭难称雅物，不太好看。我只坐在亭下歇了歇脚，便又带上老伴，接着攀山了。

西山上端的观光道，不好走；路况粗陋，路象荒莽，似乎已有好多年没人从山道上走过了。我俩知难而进，又苦苦攀爬了一阵子，才爬上高高的观音岩，拐着"仙人脚印"走进了九龙亭，升迁至新八景"龙亭观日"圣境了。时值傍午，骄阳当空，我自然不敢以肉眼观日哩。倘若清晨置身龙亭，一赏旭日东升盛状，那笃定会是一幅赤火喷薄、红霞绚烂的神奇天景啊！

欲穷千里目，更上一层楼。小借亭台稍稍一喘，我们老两口即一鼓作气，倾力高攀，最终登上了雄峤苍傲的山巅。欣然收足，兴高采烈。嗨嗨，我们总算披荆斩棘成功登顶啦！

仵身高端，视野辽阔。我侧目扫视，可以看清坡势陡峻的山体。满坡遍岭，林木繁茂，郁郁葱葱，煞是优美。继而半俯身子，继而向前鸟瞰，我遂将绝大一片浩瀚无垠的远景尽览在目了。弯弯的黔江，蜿蜒的郁江，在浔州城外亲密会合，汇成一脉洪涛汹涌的浔江。浔江滚滚，一路东泻，巨蟒也似蹿向天际。面对茫茫山川大象，我尽情拜读，痴痴赞叹，还真有点心旷神怡了。

桂平西山，名胜独据，风韵饱满，委实不愧为一座南国名山。然而，鉴其景物疏于维护，视其山径失于修整，我的观光满意度也理所当然稍有下降了，不得不打打折扣了。

由桂平归来，在较长一段时日里，我还为西山一游未达期望值而略感遗憾呢。

2017年3月于北京

美哉，三清山

早就听说：赣东北的三清山，很美。

早就埋下一个心愿：趁腿脚还好，爬爬三清山。

今年四月中旬，我终于拿出了实际行动：在春花烂漫的日子里，拉起锁身家务的老伴，朝三清山进发了。

中巴车蜿蜿蜒蜒驶向山门的过程中，我发现：路旁的丘陵，都挺丑；坡荒，沟秃，树稀，草疏，不好看。于是我心生暗疑：如此一排与三清山肢体相连的亲缘山，纯属毫无美感的丑山，那么即将出现于我眼前的三清山，真能是一座独独峻美的大山吗？

在三清山庄住了一宿，翌日一早搭乘缆车奔往景区的时候，我又发现：架设索道的山岗，同样无姿无彩，不好看。于是我的暗疑更重了：就连这档三清山的前门槛，都如此俗陋，那么近在咫尺顷刻就要与我面对面的三清山，真能是一座独独峻美的大山吗？

然而，等缆车愈升愈高、慢慢越过屏障也似的山脊，我眼前竟豁然华光大亮了；就见一爿胜似仙台妙不可言的山景，突兀耀现在云花之间了——山形美,山势美,山岩美,山色美,山韵美,美轮美奂。于是我暗暗惊呼:啊!三清山,果真就是一座独独峻美的大山呀!

出了索道站,我与老伴览过天门峰,便急不可待地踏上了三清山的石径。我们依照观光路线图,带着陡升的兴奋度,首先围绕南清园核心景区逛了一圈,再沿西海岸高空栈道和阳光海岸高空栈道走了一圈,用时七个半钟头,基本赏遍了三清山的美物及美景。一腔洋洋自得的小心情,也端的美透了。

概述三清山给予我的好印象,可归纳为一个字,就是"奇"——峻奇,绝奇,秀奇,一统神奇。

看峰,峰奇。三清山壁立万仞,巉岩耸峭,峰峰峻奇,无峰不奇。一架架象形而名的奇峰,还真算名副其形,委实相像。"老道拜月",真像一位儒雅的道人,伫身月下,揖拜嫦娥。"观音赏曲",真像一尊普度众生的观世音,端坐莲台,静赏天籁。"万笏朝天",也真像一群惶惶老臣躬立庙堂上,举出密密麻麻一簇玉笏,朝见天子。特别是三清山的峰头代表"巨蟒出山"和"东方女神",就更加奇异绝伦了。好一杆细细的、高高的、又略略弯腰昂首的石柱子,愣似一条腾空而起的大蟒蛇,直冲云霄。距石蟒不远的"女神"岩,尤显神乎其神。她,五官清爽,短发齐肩,额头上方还恰到好处地添戴了一枚蝴蝶结。这座天塑的淑女像,姿影端庄,面含微笑,俊模俊样,惟妙惟肖,实在是完美至极了,奇巧至极了。

观径,径奇。三清山上,络满了崎岖、起伏、陡隆的石径。条条石径穿峰过崖，急扭急拐，猛曲猛弯，忽升忽降，可谓万般奇特了。其中居甚者，要数南清园境内两条"一线天"，堪称险途。西侧一线天，有缝无隙，奇狭无朋。极狭处，只容一个人仄体蹭过。南侧一线天，坡势陡烈，大约超过了四十五度。且，坡长漫漫，足有两百米之遥。由下往上瞧，胜若瞧天梯，令人望而生畏。从上往下瞅，如临地狱之门，过客不寒而栗。论崖缝，正系天造地设，疑是玉皇舞剑砍下的刀口子；考石阶，似乎亦非人为，非鬼斧神工，难辟如此奇径。这两条一线天，我都仔仔细细地察研过了，谨谨慎慎地爬行过了；视其陡，觑其长，心间慨叹激荡：此乃绝奇之路也——绝陡绝险至极也，奇狭奇长至极也！另，西海岸的高空栈道，阳光海岸的高空栈道，以及孤峰独壁上的高空栈道，一一凌霄飞架，一一盘崖悬浮，亦算绝奇之路也——绝高至极也，奇险至极也！

赏林，林奇。三清山林海茫茫，绿荫幽幽，秀美无限。而茫茫林海里，除却少量黄山松，余下的植物种群，几乎全是高山杜鹃。不消说，三清山逶迤凸凹的阔野，绝对是一片高山杜鹃的汪洋。这也真叫奇了！奇就奇在：野岭本自然，却仿佛暗得园丁栽培，居然花木满山了。我走遍千山万水，还从未见过如此一片汪洋大海般浩浩瀚瀚的杜鹃林。尤其是女神上坎偌大一廊子千年古杜鹃，蔚然一体，盛象壮丽，更加强烈地凸出了大秀大奇的大风貌。株连株、棵挨棵的千古杜鹃树，苍杆粗实，老枝密集，新叶繁茂，不啻秀奇万般的神木了。我百思不得其解：或千岁或万载之前，究竟有谁在三清山上植下了这片杜鹃林呢？答案唯一，即"天地造化"了。所以喽，三清山的杜鹃林，自是天然神奇之林了。细辨树签而知，三清山高山杜鹃的品种，也精纯，多为猴头杜鹃，间杂浙江杜鹃，芳容高贵，群落优雅。绿丛中，还配有一簇簇灿烂的映山红，遂给漫坡遍岭的高山杜鹃林添足了灵光。

综观三清山，百感一论——奇，奇，奇。其峰，谓之峻奇；其径，谓之绝奇；其林，谓之秀奇。峻奇，绝奇，秀奇，统统源自三清山山魂之神奇唷！

下得浏霞台，我不免生出了一丝憾意。原因是，我来早了，花期未至，高山杜鹃全未吐蕾。抢先开花的，只有映山红。假如我晚来一个月，所获必将更丰厚了，必能见到三清山的最佳景色了。立夏始，高山杜鹃渐渐绽苞了，三清山定会变成芬芳的花海。煦风拂过，花海泛起五彩涟漪，芳馨飘满十乡八壤，便正经是山景迷人、山味醉人了。那时节，咻咻爬到女神背后，坐一坐，歇一歇，赏赏山彩，嗅嗅花香，岂不愚夫也化作大仙了哇？

2016年6月于南京

攀龟峰

阅读《森林与人类》，我又发现了一处自己先前并不知晓的世界自然遗产——丹霞龟峰。史间有誉："江上龟峰天下稀。"于是，我决计攀攀龟峰了。

四月天，受厄尔尼诺现象制约，南国雨稠。却难得几日家务空隙，我只能携起老伴冒雨赶赴江西了。

庆幸的是，我的运气，还真算好极喽。当我来到龟峰脚下，数日里连绵不绝的大雨，竟突然停歇了。一缕缕金贵的阳光，遂就欢欢朗朗地从云缝中投洒下来了。少不得，堪称经典画卷的龟峰主景——双龟迎宾，便明明丽丽地展现在我眼前了。但见，两杆仙塔也似拔地耸立的石峰，酷如一双高高昂翘的龟脖子龟脑袋；而龟脖子龟脑袋之外，又紧紧连住两座微凸的、好像龟背龟壳一样的石丘。将这两峰两丘合而觑之，不啻一对惟妙惟肖的庞大神龟了。

穿过丹山隧道，我们进入了龟峰内景区。迎面显现的圣物，是"龟峰三老"。一老——百岁龟皮松。这株老松树，高高大大，直干千寻，皮纹如龟甲，青冠似华盖，魁伟无比。二老——千年古香樟。这株老樟树，华龄一千一，身高十丈八，腰围两丈一，冠阔十二丈六，绝对是我截至目前所见到的最高最粗最壮的古樟王。三老——千载四季桂。这株老桂树，与古樟同庚，根出八干，体长三丈，冠展四丈五，四季开花。老松老樟与老桂，实乃龟峰三宝也！

倚身四季桂，我举目仰望，欣然见得两尊暗红色的石峰造像——老人头与三叠龟。看老人头，实实在在就像一个苍老的人脑袋，形影逼真。看三叠龟，也实实在在酷似三只叠体欢闹的山龟，栩栩如生。云花飘过，天景游移，峰景走位，那老人头，那三叠龟，也都仿佛有了动感，活了。

踏一条陡峭的石级小径，我缓步登山，慢慢擦离无声泉，又钻过了一线天。接着，再蹀一圈岩廊，我竟突兀间抵达了四声壁。早有专文简介，言四声壁之"四声"，系发生于此的独特声学现象；即，一个人背靠岩壁，亮嗓大吼，除自己发出的喊声外，还会产生三记回声，合计四声。依据景点名牌上注明的要领，我放喉三呼，立马就有一串嘹亮悠扬的回音，在寥廓的山谷里折射、回荡，颤颤旋旋飘向远方。细辨，那渐行渐远渐传渐弱的音波，远远不止三声，实难计清其数哎。正经是余音缭绕，经久不息哟。

别了四声壁，我与老伴加快步频，嘻嘻奔向大运钟。站定，喘毕，我双手拉开粗大沉重的钟棒，巧用臂力，连连猛撞三下，就撞出了三声隆隆巨响，震彻长空。

老两口赏过钟韵，自管平步前行，悠然走进了将军楼——

1935年国民党陆军某中将居龟峰养病时所建造的洋房。花二十块钱，买来一个当地出产的大香瓜，我俩便稳稳坐下了，小憩。透熟的瓜肉，酥酥沙沙的，贼甜。

小憩毕，续登阶，向右一拐，我便瞭见了宏阔一片名叫"画"的巨型绝壁。红褐色的壁脸上，印满了墨绿水痕、青绿苔迹、枯绿草影，还真像一幅博大的山水画。当年的电视连续剧《西游记》剧组，跋山涉水选中这片彩壁，做成了理想的外景地。其主题歌画面，正是在这里拍成的。注目石壁，我望着望着，耳畔随又响起了唐僧师徒不畏艰险西取真经的雄壮心曲——你挑着担，我牵着马，迎来日出，送走晚霞……

读透画意，我才回过头来，捋着那条游山主线，带老伴向更高的层次攀登了。我序次看到了珍贵的地质遗存——龟背石，看到了命在濒危的珍稀植物——竹柏，看到了饶有趣味的怪石小景——老鹰戏小鸡。尤令老夫兴奋的，是我于频频回首过程中，看到了龟峰的精华景观——百龟探海。就见那座红彤彤的石峰侧面，凸出了大大小小无计其数的石块；愣似一群活生生的赤甲山龟，正举头极目，眺望大海。

走完最后一段岩凹石径，我们踩进了悬附在红崖绝壁上的高空栈道。由一腔好心情滋润着，且举步，且浏览，我飘飘然如临天外，驾祥云而神游仙界了。就有跃跃欲蹿的玉兔峰，迎面扑来了。再有圆头圆脑抱成一团的十八罗汉峰，闯进了我的眼帘。更见大器凛凛势若奔突的骆驼峰，在我左前方闪现了。调度过脚力，跬跬为营，步步登高，我与老伴艰难地擦过南天一柱，终于攀上了龟峰景区第二高峰——开满映山红的金钟峰。嗬！我的终极目标点，总算到达了。

立于峰巅，嗅着映山红新花新蕾散发的芬芳，我全方位巡视，全方位环望，便尽将偌大一片龟峰全景收进眼底了。山红，水碧，树绿，竹翠，云白，天蓝；峰影真奇奇，石象也怪怪，论湖光山色，唯斯为妙。

龟峰，太好看了。

2016 年 5 月于南京

忍寒耐喘，闯过雪山梁

由九寨沟到黄龙，必须翻越岷山山脉雪宝鼎腹地的险要屏障——海拔四千多米的雪山梁。天路唯一，别无他途。

2012年6月2日，九寨沟游事圆满结束，又心仪黄龙奇景决计一睹，我便在兴极失虑、不知前程安危的情况下，携老伴搭上一辆藏族小伙驾驶的出租车，急匆匆地出发了。

车子跑过一段山间岖径，就开始爬高了。四轮飞旋，越爬越高。后来，出租车干脆就在云朵里穿行了。

我坐稳副驾驶的位置，时而朝前瞄瞄，时而左右瞟瞟，观赏多变的山彩。饶有趣味，心旷神怡。

渐渐，渐渐，我感觉不对了。车厢里的温度，明显降低了；空气，也略显稀薄了。直到这时，我才从司机嘴里得知：前行不远，就是人迹罕至、百鸟难越的雪山梁。于是，我幡然后悔了：早知如此，我绝不敢冒着可能遭遇高原反应的风险，带上患有心脏病的老伴远游黄龙沟。但，老两口已经"上了贼船"，也只好壮壮胆子随缘而去了。

终于，出租车像飞机升空一样穿出云层，爬到了云海上方的雪山梁。开车的藏胞，便立马刹了车，嘱我们老两口到观景台上走一走，遛一遛，一赏雪峰之美。自然地，我俩也就鼓足与生俱来的勇气，推开车门闯出去了。

立身观景台，我的第一感觉就是：好家伙，冷啊！太冷啦！！

虽已时入六月，可雪山梁上的气温，依旧停留在零下五六度。放眼一扫，只见踏雪拍照的游客们，大都穿着厚厚的羽绒服或棉袄。而我们老两口，失于没有仔细做好行前功课，对雪山梁茫然无知，所以只穿了身单薄的春装。老伴，着内衣，套线衣，外搭一条毛披肩。我呢，里背心，中T恤，再罩一件纯棉长袖衫。如此装束，岂能御寒？我在冷风中使劲抻了抻筋骨，愣对老伴说："误入寒山，也是一次难得的经历。咬咬牙，挺住喽，轻起脚，慢慢走，咱也观景照相去！"老伴打着颤笑了笑，便随我挪步了。

我看到：宽敞的观景台坪场里，竖有两块高大的花岗岩石板。一块石板上，凿有"雪山梁"三个大字。另一块石板上，凿有"雪宝鼎"三个大字。两块石板，巍峨峥嵘，不啻两座雄伟的山碑。石板前，又卧有一坨暗红色的巨石，上面重复镌出"雪山梁"字样，并红码标高"4007M"。毋庸置疑，我们老两口已经站在"海拔4007米"的高度上了。登高览胜，煞为稀罕。举目左顾，是披满白雪的石山。抬眼右觑，也是披满白雪的石山。平视前方，我瞭见了茫茫云海。云海之上，冒出一群寒光闪闪的雪峰。啊！雪山圣境，风光无限。

我忘记了寒冷,更不觉得缺氧,心中只有一个意念:集中精力,擦亮双眸,看雪岭,看石壑,看冰川,看云澜,看恢宏壮阔的岷山大风景。我选取不同点位,又频频更换视角,环绕式赏阅了雪山梁四面八方品格独特的峰貌、谷容、雪象和云图。少不得,我亦打开照相机,摄录了大量珍贵的镜头;也将我们老两口瑟瑟发抖的狼狈相,纳入了美丽的画面。

凭毅力,凭一腔山水痴情,直到把"雪山梁"这篇课文读懂了、悟透了,确信不会留下"走马观花"的遗憾了,我才拉过老伴,惶惶钻进了出租车。嗨嗨,忍寒耐喘,却也全览了名山奇观,值了。

坐进出租车不久,我的身体便回暖了。我老伴的状态,也恢复如常了。算一算,仅靠单衣遮体的我,竟在雪山梁上足足逗留了十七八分钟,受尽了刺骨寒风的侵袭,诚可谓经历了一次超低温超挨冻的考验。而我居然没有伤风感冒,可真叫奇了。久患严重心脏病的老伴,也没在高山上犯病,这就更是一个奇迹了。侥幸之余,我还是心生惴惴,深感后怕呀。

车子缘着山路,拐拐扭扭地下坡了。我直面窗外,俯望浩瀚的云海,兀自落得陶陶然了。

2016 年 12 月于北京

复入麻婆豆腐馆

成都的麻婆豆腐，享誉八方，也是我比较喜爱的一碟菜。

2001年夏，我一路采风，走到了成都。经过专门寻访，我找到了陈麻婆的老店。

麻婆家的馆子，风貌淳朴，就是一个普普通通的大屋。我偎桌坐下，一位身着白汗褟的中年男人即送来一碗热豆浆，供我消渴。我看到，豆浆浓稠，在粗瓷二大碗里结出一层乳黄色的膜。轻轻呷一口，我顿生悦感：香，满嘴香，满嘴都有清纯油润的香。我从未由豆浆里喝出的享受，此刻真真切切地享受到了。想必这碗免费豆浆，正是麻婆家送给客官的开胃酒吧。

麻婆豆腐馆，好像主营麻婆豆腐，极少经销杂食。不多时，我要的名菜麻婆豆腐上桌了。看菜相，朴实，庄重，很美。闻菜气，挺冲，挺烈，带有诱人的芬芳。专心致志品尝一筷子，我兀自点头折服了：辣，麻，鲜，香。一种浑厚、浓重、鲜灵、麻辣适度的好味道，令我饕餮无忌，干脆忘乎所以地吃开了。我暗暗感叹：出自民间的麻婆豆腐，尽管只是一碟豆腐，却无愧为名副其实的美味啊！

捷足先登，进门早，我便占得了餐厅清宁。待我撂筷时，入店的人就多了，食客盈门了。

时隔十一载，2012年6月，我带老伴游览九寨沟。返程日，我俩搭乘小巴士，沿岷江一路南下，掠过松潘、茂县和汶川，颠颠簸簸抵达成都。旧地重游，一些记忆中的好事儿，自然要温习一番了。

我之首选，就是引领老伴，品尝麻婆豆腐。住处交通方便，我们管自坐上48路公交车，不无顺利地赶到了西玉弄，蹀临"陈麻婆豆腐"馆。我惊异地发现，"陈麻婆豆腐"老店一改原貌，换模样了。门脸，配上精致、古雅的装潢，乡土气色全没了。进了门，只见内堂亦升级了，不仅多有包厢，且包厢外的群桌也变得漂亮了。喔！今非昔比啰。

我与老伴，选一个幽静的地角，款款落了座。接待我俩的侍者，已非老式堂倌，而换成了装束俏巧的小女子。女孩笑容可掬，柔柔为老两口上了茶。

我问："有豆浆吗？"

女孩答："喝豆浆，要付费的，一碗二十八元。"

我随即明白：让食客们免费品味经典老豆浆的待遇，已被取消了。

无须惆怅，我欣然索来菜单，开始点菜。老店看家的麻婆豆腐，我必食无疑，老伴必尝无疑，首先叫我圈定了。搭配着，我又点取了赫赫有名的夫妻肺片和蟹黄豆花，另加一份竹海粑。菜品不多不少，足够两个老人受用了。

按约定时长，肴馔全数上齐了。我趁热夹起一块麻婆豆腐嚼了嚼，遂就嘻嘻嚷："老味儿，老味儿。善哉！还是老味儿。"老伴逐碟尝了尝、品了品，也乐颠颠地咧："好吃，好吃。这豆腐，特可口，真好吃。这肺片，正宗物，也好吃。所有的菜，全都溜鲜溜鲜噢，好吃极唻。"其时，我的咽炎不算十分严重，偶尔还能吃一些辣食。于是，我大快朵颐，与老伴一同发傻，将满桌川肴一扫光了。

复入麻婆豆腐老店，又食风味神异的豆腐极品，我的概念愈发明确了——麻婆豆腐，好菜。

2020 年 8 月于北京

喜欢雅安

在中国的地名当中,"雅安"也是一个挺好听的名字:既优雅,又安宁,寓意吉祥。

早先,雅安为西康省首府,地道一座文化重镇。

有言:雅安多雨,别号雨城;气候温润,山青水秀,魅力无限。

无疑,雅安是块宝地,我一定要去雅安看看的。

2012年仲夏,我顺顺利利地赶到了雅安市,夙愿终于实现了。

我的第一印象,便是:雅安山水相依,风光旖旎,美不胜收。

论地域之美,一美水,二美山。得水,方生美,有水有山才大美。而雅安,山水两全了。

看:城池四周,青山环抱,林木葱茏。一条水清浪碧的青衣江,蜿蜒袅娜,穿城涌流。地貌之佳,得天独厚,雅安足成大美矣。

且,古风典雅的楼阁式廊桥,跨江峭立。且,肩负车水马龙的西门大桥，飞架丽江两岸。双桥两端，布满饶具特色的楼堂，异彩纷呈。雅安，胜境满埠了。

我登上廊桥，踱跶往复，惬意盈腑。瞄瞄桥下的江水，再觑觑城外的青山，我心旷神怡，仿佛读到了一首芳气浓郁的风光诗。云花朵朵，虹飞天；山岚渺渺，水长流。哦，无限美景在雅安，无限美景在雅安呐！

水色雅，山安宁。雅安雅安，秀雅大安！

另，我还踏过青衣江的沙滩，踩着青衣江的边流，悠然自如地蹚了蹚水。脚步漫蹀，水声琅琅，我似觉自己的心神，也在翩翩悦动，随青衣江的浪花嘻嘻飞扬起来了。

亲近罢了雅安的水，我还要逛逛雅安的山。乐水乐山，两不偏。山水全乐，吾性也。少不得，我款款调转身子，径直闯入了碧峰峡。

碧峰峡很深，深不见底，静幽幽。古木繁茂，古藤绵连，飞瀑直下，阴溪潺潺，堪称奇观。我在沟底走完几华里，甚感万般空灵的峡谷间，亦弥漫出原始的自然美韵。花草葳蕤，暗风爽爽，气息馨香，意境玄妙。毋庸说，碧峰峡也俏，也雅，优雅清丽。

造物主一扒拉，将优雅清丽的碧峰峡赐予优雅清丽的雅安城，也算再合适不过了。

返回城内，入坐清雅的餐馆，我吃了顿雅安的小饭。四只小春卷，一碗牛肉粉，让我嚼出了满嘴新滋味儿。饭后，一借夕阳余晖，我踅足青衣江廊桥，调度出饱满的精神头，再番举目观光。全方位朝四下里瞧了瞧、望了望、瞭了瞭,我盛情澎湃,脱口赞誉:雅安,未施粉黛的雅安,真山真水,真容真貌,实在太美啦!

个人结语:喜欢雅安。

2020 年 8 月于北京

再觑趵突泉

趵突泉，名著古今，号天下第一泉。

我数旅济南，多次赏过趵突泉，深为一簇突突跳跃的泉花所感奋，所陶醉，所迷恋。

曾一度，惊闻济南地下水位沉降了，搞得趵突泉消影匿迹了，我甚是爱心大痛，好一阵子怅怅然了。

后来，又听说济南地下水位复原了，趵突泉本象重现了，我遂又六神大振，满腔满腹喜滋滋了。

2012年9月，缘秋来气爽，我游兴陡起，再临济南。稍一歇，略解旅途劳累，我即像拜望老友一样，匆匆走进了趵突泉公园。

时值周六，游人众多。我躲男避女，碎步小颠，径直蹀入了泉边围廊。于是，我就正对观澜亭，注目一池翡翠模样的丽水，不无饥渴地观赏起来了。

"康复"后的趵突泉，似乎比先前的趵突泉尤显欢活了。但见池面中央，咕嘟咕嘟地、翻翻旋旋地蹿出了三个等间距的大水泡，气势磅礴。我就觑住三个盆口大的水泡，凝神定睛地瞅，专心致志地看，完完全全沉浸在"观澜"乐趣之中了。进而发现：每个大水泡上，都带有若干银光闪闪的小水泡。大水泡小水泡，联体、联动、联飞，一跃两尺高，愣像三根玲珑剔透的冰质雕花玉柱，也像三堆晶莹无瑕的隆冬新雪，更像三朵戴露盛开的白牡丹，煞是精奇、精致、精彩、精妙、精美。毋庸置疑，如此天然形成的、附有悦耳声韵酷似音乐喷泉的趵突泉，正是一眼神泉了。

痴痴觑定三个大泉泡，仔仔细细端详良久，我便挦住围廊缓缓走动起来，一换位置，二变视角，再赏趵突泉。前前后后观赏过一个多钟头，委实感到两眼疲劳了，我才坐到廊下的木凳上，闭目小憩。当然喽，偶尔我也乜乜老眼，不让趵突泉彻底离开自己的视野。

貌似小憩，我实在搜索枯肠，寻找形容趵突泉的金句。可我几经思考，反复推敲，最终还是难脱江郎之俗，依旧采用早已咀嚼过的三段文字，为面前这组咕咕作响的大泉泡，定了美喻：

——三根玲珑剔透的冰质雕花玉柱；

——三堆晶莹无瑕的隆冬新雪；

——三朵戴露盛开的白牡丹。

2016年12月于北京

登长白山

长白山，终年积雪，是东北最高的山。

长白山天池，横空出世，乃地球上海拔最高的火山湖，深受各国游客青睐和向往。

2014年6月24日，我携老伴顺利抵达二道白河，从北坡成功地登上了长白山，清清楚楚地看见了五天前才彻底解冻的天池。

长白山头，气象多变，多云，多雾，多雨。一泓天池，常披柔纱，深掩羞容，神秘万端。据说，有人数次上山看天池，却终不见天池真面目，均抱憾而返。而我，首登长白山，就清清楚楚看到了天池的尊容，真是幸运极了。

名义叫登山，实则我是乘坐景区的小巴士，被风风火火送上长白山的。上山途中，随高度递进，我兴奋地领略了初夏季节长白山垂直线上迥异的景观。海拔一千七百米以下，树种齐全，林木葱茏。海拔一千七百米以上，便没了松影，只剩下勾勾巴巴的岳桦树。越过岳桦林，山坡植被则只有杂草了。等车子爬过两千五百米，再往上走，我就只能看到开小花的苔藓类植物了。

　　我在山脚时，天上还落下了几个雨点。可等我到了山顶，天池上空却云消雾散了。一轮明晃晃的大太阳，稳稳地挂在天庭上了。我于是不失时机地贴紧观览警戒线，选位，站定，开始俯瞰了；放眼一瞭，嚯！整整一个天池，竟尽收眼底了。那池水岸边，曲韵幽幽。那池水本色，湛蓝湛蓝。水面中央，还散有两块没化完的顽冰，似晶莹的翡翠。阳光泼到水面上，泛出鱼鳞状的光斑，粼粼生辉。还有火山口的内壁，挂满白雪，缀满藓草，便更为这平静而宽阔的天池添足了华彩。瞰瞰瞭瞭，瞄瞄望望，我遂就暗自惊呼了：长白山，峻奇！长白山天池，绝美！

　　山尖上，辟有两条观览小径，一曰Ａ线，一曰Ｂ线。每径每线，都依据固有山势的豁口，设下许多观景点。我和老伴，先顺Ａ线，反复走了两个来回；又沿Ｂ线，慢慢走了一个来回。透过不同的豁口，选取不同的视角，我细细端详天池的风貌，默默拜读天池的神韵，全方位获得了极大的审美享受。除了观赏蓝宝镜般的天池，我还着意观赏了橙色和赤褐色火山砂砾岩铸就的奇峰，想象地下岩浆喷涌而出时的壮烈火景，追思、品味长白山那幅久远的初诞画卷。随之，我胸腔一颤，便词来语成，蹦出了一首滚烫的小诗：

　　地火出壳，熔岩生山；
　　神泉孕湖，天水育潭。
　　人乃俗物，不识坤乾；

道法自然，一是万年。

仅三十二字，却是经论，精确概括了我的感悟。

目觑天池，一遍又一遍赏阅足了，我才拱起双手，向这湾世界上最高的火山湖敬了个道别礼。礼毕，特将老伴拉到邓公题字的"天池"碑前，拍了张纪念小照，我便恋恋不舍地下山了。

然而，我刚刚迈过两个台阶，则陡地驻足了。难免地，我又面对长白山依次而下的山肩、山腰和山脚，逐层逐层地审视起来了。近看，山高伟傲，山体庞硕，山原辽广。远眺，林海茫茫，绿野苍苍，浩瀚无际。少不得，我再次心动，发出了灼热的慨叹：长白山啊，长白山，真是一座雄峻壮丽的大山！

2016 年 3 月于北京

游抵图们江

我登过长白山,便由延吉搭乘火车,赴图们。

铁路两侧的山丘,概为岩石结构。所以,满山无大树,只有灌木棵子。

很快,列车抵达图们市。

图们,是一座袖珍小城,很小很小。却,整洁,清幽,漂亮。

经人指点,我捋住一条小马路,径直走到了图们江广场。

广场位于图们江边,故曰图们江广场。宽阔的岸坪,规则的岸阶,均铺有仿木地板,一派大观。岸坎下,还搭建了一个画舫式小码头,供游人荡舟。

端立岸沿,开眼巡视,景象生动。图们城段图们江,不宽。最窄处,江幅仅约五十米。江水不深,只走小船。江浪不大,难称湍流。而总体看来,图们江源远流长,也不失为一脉浩浩荡荡的大河哟!

图们江对岸,便是朝鲜南阳市。然而,极目张望,却看不到市景,只能望见零零星星的土房子。土房子背后,是一排光秃秃的山岭。如此邻土，实难养眼。

在图们江码头附近转了转，我便携上同游的老伴，沿江边林荫小道漫步起来了。由公路国门大桥底下穿出，再从铁路国门大桥底下越过，我们一直走到日光山森林公园，爬上了日光山。

置身山肩观景台，放目展瞭，图们江两岸更大范围的广景画，便一展无余了。西岸，是我们的图们小市，绿树苍郁，楼舍明丽，风光独好。而东岸，地物寥落，一片荒凉。所谓朝鲜的南阳市，陋墙败瓦，破破烂烂，不过就是一个毫无光彩的大村子。不难看出，中朝两国经济发展和社会进步的差距，实在太大太大了。

下得日光山，我心思重重，再次走向图们江。在一坨镌有"图们江渡口"的巨石旁边，我停住了。瞭瞄江水，浮想联翩。我估计，中国人民志愿军某部，当年就是从这个渡口跨江而去，入朝参战了。英雄们，有人全身凯旋，有人肢残归来，有人则永久睡在陌生的邻土下面了。抗美援朝，令不可一世的美国战争狂有史以来第一次在中国人面前领受了教训、吃尽了败仗，值了！

鸭绿江作证，图们江也作证：中国人民志愿军，是全世界前所未有的国际主义好战士。

2017年2月于北京

牡丹江小景

六月底，寒地入夏，大野芳菲。我与老伴迎着暖暖煦风，来到了北国名城牡丹江市。

首先要敬拜的，是八位抗日女烈士的塑像。礼毕，我对万恶的日本鬼子，愈发生尽了愤恨。

慢慢慢慢，我的气韵平稳下来了。一歇良久，我才由老伴陪随着，姗姗走上江滨的林荫道，闲遛。

看江水，波光潋滟。看江面，平阔辽远。牡丹江，名副其实就是祖国又一条美丽可爱的大河。打跑了日本鬼子，曾惨遭寇仇踩躏的华夏江山，都恢复了固有的美貌。

两口子，走走停停，步履悠悠，不胜逍遥。偶然间，我发现近处浅水域，冒出两个上肢赤裸的男人。二男半潜水下，挪挪踩踩，模样勤奋。当即我就定了眸子，觑住那两个生动的人影，不眨眼了。

老伴见我望江出神，便也把她的视线，投向我所瞄定的水域。默瞅片刻，她问："那俩人，在干什么呀？"

我说："可能是在踩鳖吧。"

在我老家辽南，人们到河里逮王八，通常所采用的小把式，就类似于眼前二男挪挪踩踩的样子。有幸踩到硬邦邦的王八盖，再下手抠住老鳖的胸窝，就能顺顺利利将猎获物从水底捞上来了。

一拨江浪滚过，江风送来二男渔嗑。一个问："脚下还有感觉吗？"一个答："有，我又踩住个大家伙。"

我侧耳听尽，愈加断信：两个赤膊弄潮的朋友郎，一准是在捉老鳖噢。

时越十余分钟，二男歇工不干了。便各自拎住一个黑水沥沥的编织袋，很费力地朝江岸蹚来了。俩人刚一离水，也顾不得撸去两腿黑泥，就一屁股瘫到草埂上，不动了。显然，双双累屁了。

旋即，就有两个衣着鲜艳的娘们，从岸坎下的蒿丛里钻出来了。二女提着篮子，乐嘎嘎地扑到男人身边，小施殷勤。穿红衣的女人，先从自己嘴里拔出半根红红燃烧的烟卷，捅进老公的唇缝，再为亲爱的巧拂汗腮。而穿翠绿短裙的女人，则立马从篮子里摸出一瓶矿泉水，递给黑泥鳅也似的丈夫，然后也替他点燃了一支香烟。一通亲热罢了，二女就将属于自家的编织袋，猛一愣劲兜底抓起来了，倒空了。

刹那，就有两摊泥糊糊的东西，被倾翻到草埂上了。瞧那黑黑扁扁大大的样子，还真像一群小王八。

我见此光景，自然就要凑过去，看个究竟了。等我趔趔趄趄蹀下江堤，走近二男二女，才彻底看清了：那黑黑扁扁大大的东西，不是鳖，全是肥肥硕硕的活江蚌。

一时兴起，我随口就嚷："天哪！好诱人的江鲜啊，我还是头一回见到这种像鳖盖一样大的淡水蛤呢！"稍顿，直冲二男问："师傅，这玩意儿好吃吧？"

仰脸冲天吐烟圈的胖男子，就抿了抿厚唇，噎嗓咧："下酒菜，好吃。"

不大善炊的老伴，遂接住胖男子的话尾巴，追问："咋吃？"

"炒、炖、蒸、炸、烩，再熬一道神仙汤。"正往竹篮里收捡江蚌的红衣女，便顺手抹抹多汗的眼角，嘻嘻呱："包包子，包饺子，捎带烹点蚌末酱。满锅好味，十里飘香。"

"嗨唷！大妹子，光你一口广告词，就美得叫人发馋了。"我老伴痴迷地啧啧嘴，险些要下涎了："没想到这丑巴巴的大黑蛤子，还真是盘好嚼果哩！"

"好嚼果，好嚼果，好嚼果上了桌，必有好酒喝。"我附和着老伴的语意，兀自朝二男二女踱上一脚，嘣出两句不算恭维的恭维话："今晚，你们两家可要大改善了。两桌同佳肴，老友共美食，一定会喝干两壶小酒啦！"

二男二女闪闪眉眼，都乐哈哈大笑起来了。

牡丹江的暖流，便随着大家的笑声，泛出粼粼光花。

2016年12月于北京

松花江岸群钓图

历代国画中，涉渔者众。或潭坎，或溪边，或湖沿，闲雀翩翩下，伫一蓑笠垂钓翁。山景映水景，水景出渔景，意味幽深。足见，闲暇钓鱼，自古便是人间趣事。

我也钓过鱼。于渤海湾汊，于金陵荷塘，于北京鱼池，我都钓过鱼。手拙，渔获不丰，唯慰藉兴致耳。

缘有渔趣，我特爱观赏垂钓小景。在长江游船上，在秦淮河两岸，在新西兰的乌岛黑沙滩，在摩洛哥的老洋礁石盘，我无不专注地研读了那些痴痴钓夫的身影，极大愉悦了自己的神情。

不过，就我个人印象而言，真正可以称作钓鱼奇观的光景，还是2014年所见佳木斯松花江边聚众群钓的风采。

亲青山绿岳，恋江河湖海，乃敝人心癖。六月末一日，我与老伴乍到佳木斯，刚刚卸囊住妥，便立马跑向了松花江。赏阅佳木斯段松花名川，是我此行的主愿。站在岸台上，放目展望，喜见浑黄浑黄的松花江水，自天外涌来，浩浩荡荡，滚滚东流。瞄那浪花飞，听那涛声响，我轰然心生快意，顿觉豪情奔放了。

面对大江概貌，纵览罢了，我还要实踏踏脚抵江滩，零距离观看滔滔江流的水势。当我将着钢管护栏找到堤坝豁口，顺着石阶向下挪过三五步，一幅刚才被大堤遮挡住的鲜活胜景，霍然间从我眼皮底下冒出来了。视野里的水边子，那一溜参差错落的石块上，站满了人，也坐满了人。有男有女，有老有少，有挂饵的有扬竿的，悉为垂钓的人。怀下一振，我旋即兴奋了，入迷了。莫非是，我碰上当地钓友大会师啦？抑或遇到业界组织的群钓大赛啦？稍稍喘定，我即盯住眼前的渔事盛状，刮目相看了。

细觑，一派"钓友会师"或"群钓大赛"的景象，亮点明现，凡五：

一、人挤人，竿挨竿；人密集，竿密集。在一小段润水乱石上，身挨身膀擦膀坐下了六个人。而几乎没有间隔的六人面前，竟密密麻麻支出了十一根钓竿。人与竿拥挤不堪的稠密度，可谓登峰造极，或该进入吉尼斯世界纪录了。

二、男女钓友及长短钓竿，沿江水边一字排开，连结成漫漫上千米的长链。我由立足点举眼，分别朝左右两侧探望，惊见垂钓大军的伏击战线蔓延无尽，望不到头。这长蛇般列队群钓的阵脚，我还是头一回见到哇！

三、频起鱼，多笑语。垂钓者众，便不时有鱼上钩，做了垂钓大军的俘虏。每有一尾大鱼被甩上岸，相邻钓友都会发出酣笑，以示夸赞。我轻轻走近鱼篓，一瞧，果真开了眼。那些杂七杂八的鱼，欢蹦乱跳，毫无蔫相，洋溢出松花江里水生物独有的活力。一股清凌凌的鲜腥气，也悄然弥漫了。

四、松花江流到佳木斯，即将注入黑龙江，所以江水深，舟楫多。当群钓队伍里有人提竿起鱼时，常逢航船鸣笛，发出一串悠扬的音符。似乎过往船只，也在为金钩上鱼的垂钓迷们，吟咏助兴哟。

五、群钓大军屁股后，是碎石与硬土混结而成的坝坡，斜坡上长满了青蒿和乱草。蒿草丛中，开出一大片蛋黄色的小野花。茂盛的花花草草，自然也为兢兢业业的垂钓大军秀了场，添了彩。

全方位盘点一下视野里的斑斓景物，我的审美情趣蓬然高涨了。看啊，一廊子黄花草坡前面，是长长一大溜垂钓人；长长一大溜垂钓人前面，是一条汹涌腾泻的大江；汹涌腾泻的大江里，有漂漂游弋的船。如此一派灵动、热朗、瀚阔的大风景，能说不是芸芸众生无限壮丽的生活画卷吗？

从未见识过的群钓阵势，让我看到了。从未领略过的垂钓激情，让我领略到了。看花看草，看江看船，看钓友，看鱼竿，看了再看还想看。不顾日影近晌，不顾旅途疲惫，我与老伴在松花江边待过许久，才姗姗离开了。

偶临江城，我就有幸欣赏到不可多得的江岸群钓图，深感此行不虚哦。

2020年6月于北京

带孙女逛杭州

2018年，小孙女七虚岁，快要入学了。为多给孩子留下一些欢乐的童年记忆，爷爷奶奶决定：趁开学时辰尚早，带妞妞逛杭州。

遂于三月下旬，老两口牵上妞妞，由南京南站搭乘和谐号，经宁杭高铁一路飞奔，一小时后抵达杭州。在解放路口一家酒店里，号下房间，祖孙三人便逍逍遥遥地开逛了。

爷爷的部队，曾在杭州驻防，爷爷当然熟悉杭州。奶奶数遭访杭，自然而然了，奶奶也熟悉旧地杭州。本次杭州之旅，爷爷奶奶无疑要以小孙女的心趣为主务，专赏风光。

仲春，是杭州一年中最美好的季节。翠柳依依，百花吐艳，满城绚烂。抵杭当日，爷爷奶奶即"主题先行"，带上妞妞直扑西湖，首先观看西湖的景致。赏罢平湖秋月，蹀过了断桥，祖孙三人就持住白堤，悠悠漫步。爱闻花香的小孙女，遂将鼻孔贴向堤边的桃花，深深吸下了一口芳气。必是花香沁心，满怀通乐，她那粉红的小脸熠熠放光，也变成了一朵红桃花。

回到酒店旁边，我们就在西湖岸畔，随意徜徉。小孙女发现地面上，凸有一幅浙江省城浮雕地图，便对地图产生了极大的兴趣。那用青石雕琢而成的城郭图谱上，有山，有河，有街巷。城坊四边，围着一圈曲曲弯弯的城墙。妞妞就脚踏城郭，从这条街走到那条街，从这条河走到那条河，从这座山走向那座山；尔后，她再顺着曲度很大的城墙，从这道城门走向那道城门，优哉游哉，行影潇洒。等圆圆满满走遍了浮雕省城四厢，妞妞便也有了天真的成就感，举起小手美美地弹出了一个V字。她还特地拉过爷爷，要爷爷端正相机，好好为她拍下了一张纪念照。照片上，杭州山川托起妞妞，竟使小丫蛋的身材显得特别高大了。

晚饭后，祖孙三人返回湖边，选个好位置坐下了。七点半，西湖音乐喷泉准时启动，喷放水花。伴随美妙的乐曲，美妙的水柱、水雾、水屏便腾空而起了。丰富多姿的水花造型，时而红，时而蓝，时而黄，时而绿，时而白，时而粉、时而紫，瞬息万变，七彩缤纷。妞妞完全被音乐喷泉迷住了，时不时指着变幻莫测的水光，比比画画，嘻嘻评说，发出了银铃般脆灵灵的笑声。

翌日，祖孙仨过江到萧山，参观了G20莲花状大会场。返江北，三个人款款走进了六和文化公园，览胜。古老的六和塔，举世闻名，理当叫妞妞见识见识的。正好奶奶不想登塔，而小孙女倒极想登塔，爷爷就带上妞妞，由塔下奋力向上攀登了。登至第三层，爷爷登不动了，小孙女也累了。随即，爷爷搂住妞妞，凭窗远眺，观望长野。妞妞的视野里，钱塘江滚滚涌流，萧山城气势磅礴，正经风光独好唷！

好好歇过一宿，爷爷奶奶下定决心，要带上仅有五周岁三个月的小孙女，沿西湖周游一圈。未从大处着眼，不沿着西湖四周走一圈，就等于没有游过西子风景地。于是，带足食品和水，我们就抢早出发了。

起初，爷爷奶奶担心小孙女腿软、脚嫩，只是带她慢慢走。走过小半里，便停下来，歇上几分钟。然而令爷爷奶奶颇感惊奇的是，妞妞竟特别能走路，压根不见累的样子。少不得，祖孙仨越走越起劲，先后掠过柳浪闻莺，轻飘飘地拐过一处大水湾，便成功登上了雷峰塔。站在塔台上，我们举眼放目，遂将博大的西湖画面，全看清楚了。妞妞觑过三潭印月，数过湖面上漂动的游船，便生生发出了小感慨，乐哈哈地嚷："呀，这一大湾水，还真是好可爱哎！"

吃下几块小点心，喝了两口水，妞妞手指塔前不远处的花港，欣然表示："那儿，花花点点，挺漂亮的，咱去看看吧。"

"好，这就去。"爷爷奶奶听后，同声应诺。

于是离开塔，祖孙三人直奔新目标，尽快赶到了花港观鱼景点。爷爷不嫌麻烦，迅速买来鱼食，为小孙女提供了必要的玩物。妞妞便由奶奶保护着，坐到鱼池边上，尽兴地喂鱼、看鱼、戏鱼。俄顷，将观鱼项目玩罢了，妞妞管自跟上奶奶，到中华才女林徽因纪念碑前留了影。接下来，心满意足的小妞妞，与爷爷奶奶一道散散漫漫，在牡丹亭周围的绿地上溜达起来了。遛过一阵子，小孙女跑累了，就趴在奶奶怀里，耍娇，小憩。

乘观光车穿过苏堤，又连相逛完了孤山公园，我们总算大致在西湖水边畅游了一周。爷爷奶奶看看天色，清醒觉得：不可让小孙女玩得太累，必须返回酒店休息了。随即，祖孙三人再度搭上观光车，乖乖回到了酒店。

是夜，妞妞吃罢生煎包，尝过几片水果，就早早香甜地睡下了。

玩到第四天，妞妞游兴未减，还想攀上宝石山巅，瞧瞧俊秀的保俶塔。爷爷奶奶未加思索，就答应了小孙女的要求，祖孙三人于是搭乘沿湖公交车，爬上了宝石山。见到保俶塔，妞妞还真就发挥出稚嫩的审美情愫，由下到上认真地观察了塔基、塔身、塔刹，高兴地说："保俶塔，身条很美，细细的高高的，太好看唻。"

听过小孙女的表述，爷爷兀自一笑，不禁惬意地点了头："哦——"

为让小孙女玩个够，老两口不顾疲劳，索性再走一两个景点。爷爷历来不赞成带小孩子逛水景，便排除船游三潭印月的选择，携领妞妞直接登上了吴山，参观著名的杭州城隍庙。城隍庙建筑雄伟，环境温馨，引人入胜。妞妞在满园大红灯笼中间风火火地穿行着，一一巡赏金灿灿的粮仓、谷囤，玩得好不尽兴。她那两只亮晶晶的大眼睛，放出了明媚的光。

最后，爷爷奶奶不漏文萃，还带妞妞走进了吴山脚下的河坊街。河坊街，乃杭州老街，颇含古城文化底蕴。在老街里，妞妞"眼观六路，耳闻八方"，赏市俗，听市谣，快活极了。扎进一家丝绸档，奶奶稍加遴选，就买下一件印有整体孔雀图的真丝小旗袍，给妞妞穿上了。刹那间，妞妞蓬然出落得更加精神了，更加秀气了，浑身上下泛满丽光，实惠惠变成了一只小孔雀。

连进带出，爷爷奶奶领着小孙女，在杭州自由自在地玩了五天。从扩大儿童山水地域认知面的角度来讲，带孩子东西南北四乡八壤走一走，是件挺有意义的好事。

离开杭州东站，坐进回南京的车，爷爷问妞妞："杭州好玩吗？"

妞妞露出小牙，笑着答："好玩。"

"咱家，离杭州不远，来来往往还算方便。"爷爷顿了顿，又问："日后，你还想来玩吗？"

"想呀，怎会不想呢？"妞妞说："等学校放假了，我还想再来杭州玩玩的。"

"那就来呗。"奶奶朝车窗外面望了望，恬恬地笑了。

2021 年 5 月于北京

春花笼罩鼋头渚

太湖,一湾神水,包孕吴越。

太湖鼋头渚,风光旖旎,天下胜境。

春天的鼋头渚,百花笼罩,万紫千红,乃胜境中之胜景。

毋庸说,胜境鼋头渚,一直是我心仪的风光宝地。

我与老伴,带小孙女逛杭州,同时念念不忘鼋头渚。返宁路上,祖孙三人特于无锡下了车,索性一睹鼋头渚的春色。

一入景区大门,鼋头渚的丽韵媚风,就扑面而来了。首先映入眼帘的景物,是门旁两丛暴绽盛开的樱花。一股沁人肺腑的香气,生生灌进了我们的鼻窦。小妞妞顿时童心大振,便嘻嘻跑到樱花树下,拽住粉艳艳的花枝,欢呼雀跃起来了。

往里走,一步一景,景景入胜。新叶滴翠的嫩柳后面,渐次闪出了桃花、茶花、迎春花和碎瓣乳白的满天星。一档子怒放气势正旺的海棠花,也突兀出现在我们眼前了。奶奶见花情动,愣将小孙女拉到花枝前,双双站住了。老奶奶着意把妞妞的小脸,生生推向一个水灵灵的花团,随后她就左比照右比照,兀自笑了。在老太婆眼里,似乎那团水灵灵的红花,还比不上咱小孙女的脸蛋亮丽呢。奶奶笑罢,竟不惜违纪,干脆摘下五朵连成一撮的海棠花,张张扬扬插到妞妞的发卡里面了。小孙女被奶奶扮出花妆来,越发显得秀媖了。

翛然举步,祖孙三人姗姗走进了樱花林。樱花,系鼋头渚主打花木,遍地广植。站在阳光下,敞开小瞳窗,嘿!视野无杂木,皆为樱花树。前瞻,樱花;旁顾,樱花;转身回望,还是樱花。实实在在,我们被樱花淹没了。徐徐蹀近"赏樱楼",驻足再赏,佳景尤胜。繁樱密布,游人熙攘,生机盎然。仲春的鼋头渚,千真万确就是一片无比欢活的樱花海洋呀!

居高临下观景,才算地道观景。为一览鼋头渚整幅春光图,爷爷奶奶"直奔主题",拉着小孙女掠过曲曲水沿,径直登上了"包孕吴越"崖刻的上坎。伫身崖头,静静俯望,我们欣然看清了鼋头渚的全貌。啊!眼前的春景,豁然落得浩瀚无际了。绿艳艳的树影里,透出大片大片正红色、粉红色的樱花。概不见土石,概不见楼阁,白云之下全是花。概言之,偌大的鼋头渚,全部被春花笼罩住了。恰于渚岬前面的湖湾里,零零星星泊满了装饰船,这又给盖满厚厚一层春花的鼋头渚,搭上了天然的衬景。细细地环视过了,统览过了,爷爷脑门里倏忽蹦出了八个字——华夏江山,四季锦绣。

妞妞便拿起新买来的玩具望远镜,与奶奶交换着观看远景。妞妞眼对镜口,望了一阵,咯咯笑。奶奶眼对镜口,望了一阵,也咯咯笑。仿佛这一老一小,都从望远镜里瞄见了真正的桃花源。

下了崖坎，爷爷奶奶便把观光线路，交由妞妞把握了。妞妞即一心不二，迅速踅足樱花谷，再寻樱趣。早期开放的小樱花，正落红。长春桥边的水塘，铺满稠密的樱花瓣，不啻一叶粉红色的浮萍。以灰瓦竖镶做成的雅径，也铺满落英，变成了花路。妞妞就守住花径，抖开一只塑料袋，专意收捡好看的花瓣。她拾起一枚，便往袋子里搁一枚，孜孜不倦。不多时，那只不算小的塑料袋，就被花瓣塞满了。

天挺热，冷饮卖得火。爷爷也买来一罐冰淇淋，为小孙女解暑。奶奶打开罐子盖，替妞妞做好吃冰糕的小准备，就指指装满花瓣的塑料袋子，满心快活地说："我孙女今天的收获，可大了。这一兜鲜花，足够奶奶做成两碟樱花糕喽！"

妞妞听过，就觑眼眯住奶奶的脸，嘿嘿嘿得意地笑了。

2021 年 5 月于北京

登上基辅号

强军,是一个伟大的战略。国家要强盛,必须强军。没有强大的军队作保障,强国只是一句空话。

就现代战争特点而言,强军,首先必须强海军。作为沿海国家,国防线最薄弱的环节,无疑是领海。所以,建立一支强大无敌的人民海军,是当代中华民族保家卫国首当其冲的要务。

身为转业多年的老军人,我深知国防事业至关重要。说句不算天真的话,我做梦都希望祖国的人民海军能快速强大起来,令敌人望而生畏,不敢再对中华民族抱有欺凌觊觎之心。我们绝不该忘记八国联军攻打北京的历史,更何况当今世界上仍有一些好战分子发出了打压中国、围堵中国、遏制中国发展的叫嚣。中国人不可高枕无忧,陶醉于享乐是万万不足取的,而必须抓住时机实现强军、特别是强化海军的伟大战略目标,筑起牢不可摧的国防长城。只要我们的舰船队伍壮大了,只要我们的武器装备精良了,只要海军实力绝对强盛了,我们的战略战术,就游刃有余了。到那时,某些蓄意对中国进行流氓军事挑衅的外军外舰，还敢在我们的东海、南海以及台湾海峡里，肆意穿越、横行霸道吗？想必是，诸绺子必定退避三舍，溜之乎也啰！

近些年，随着国力增强，我国的造船技术和能力，大幅提升了。人民海军的舰船装备，更新换代，颇为改观。不仅已有辽宁舰、山东舰两艘航母，相继列装海军部队，而且我们还必将建造出新的航空母舰，再壮军威。看到国家如此一派军力新气象，我高兴极了，衷心欢呼：我军终于拥有了自己的航空母舰！华夏大门惨遭夷寇炮艇轰开的窝囊日子，一去不复返啦！亡我之念不死的蟊贼，休得在中国人面前穷兵黩武、耀武扬威了。

有机会，我很想到我们自己的航母上瞧一瞧，为国家努力强军所取得的重大成就，喝彩。一个素怀军旅情结的老兵，我不啻对航空母舰产生了空前的好奇感。

就应和了老爹这种心绪，儿子正巧作出一个决定，要冲破新冠疫情的压抑，带领家人们去天津航母公园里玩玩。我得此信息，霍就陶然兴奋了，急于赶往天津滨海游一游了。我想，姑且登上前苏联的基辅号，四下里随意瞄瞄，也能基本上领略到航空母舰的概貌啊。

便选出一个合适的时间，由儿子驾车，我们从北京西城出发，很快就到了天津。

天津航母主题公园，规划整洁，颇具俄风。彩砖铺就的通道两侧，摆满了各色套娃。更有一尊俄国水兵搂住少女热烈亲吻的高大雕塑，立在水边，至少夺去了三分风景。我们经由彩色通道漫步，从一架旧战机旁边擦过，便翛然登上了前苏联太平洋舰队的旗舰——基辅号航空母舰。

循着规定的观光线路，我与家人们依次参观了大厅、弹仓、机库、起居室、勇士走廊，才走出结构复杂的舰岛，踏上了大甲板。嗬！置身辽阔的甲板上，我才真正形象地感觉到：航空母舰，伟岸巨硕，委实是一个漂浮在海面上的庞然大物。

万里无云，阳光灿烂，天气绝佳。少不得，由钢铁打造成的大甲板，就变成了烫脚的大鏊子。好在海风强劲，吹散了热气，方使观光客风中爽身，能够在大甲板上逛一逛了。

我满怀兵的习性，可甲板溜达开了。儿子儿媳抱着我的小孙子淘淘，老伴牵着小孙女妞妞，都跟随我的脚步徜徉起来了。我横向走了走，走过大甲板的宽度，心宇敞亮。我纵向踱了踱，踱尽大甲板的长度，心潮澎湃。我与家人们站到舰栏边，面对大海，放眼瞭望，顿感海阔天高，视野里远景浩瀚，端的是一望无际噢！

妞妞嫌热，时不时用小手遮住阳光，避晒。而我的孙子淘淘，则喜逢佳境，一如生龙活虎，耍得热火朝天。小东西刚满八个月，竟也能像个大孩子似的，不惧海风吹，不怕日光烤，自管望着漫空翻飞的海鸟，嘎嘎嘎放声大笑。不消说，爷爷奶奶爸爸妈妈和姐姐，都让小淘淘欢跃生动的表情逗乐了。

我与老伴不失时机，就拉住孙女抱着孙子，祖孙四人一块背对航母舰岛合了影。儿子给我们拍出的小照，很出彩，很好看。妞妞眯着两眼，静静地观望远海，似在寻找童话里的月牙船。小淘淘坐在奶奶怀里，扬起藕棒似的胖胳膊，依然咧嘴嘎嘎笑着，唱出了奶味芬芳的歌。

看过基辅号，我兴犹未尽，浮想联翩。我断信：我国自己设计建造的山东舰，笃定要比基辅号先进多了，也漂亮多了。希望我国各大造船厂，能源源不断建造出足够我们使用的航空母舰来；为强化海军建设，为永久性保家卫国，为捍卫炎黄子孙的海洋权益，做出功在千秋的贡献。

大海无垠，海风无序。祝愿人民海军的战舰，所向披靡，所向无敌！

2021年6月于北京

台湾印象

今年夏天，我以自由行的形式，携老妻去了台湾。从北走到南，从西走到东，再从南走到北，深入大都市，详观小城镇，也瞄了瞄远乡辟壤，历时半个月，我从从容容地逛遍了祖国的宝岛。

七月五日，华灯初上时分，在松山机场下了飞机，我第一眼瞭上夜色里的台北街景，心头便立马升起一股亲切的感受。面对那片高楼与矮屋，扫视着飞车及行人，我丝毫没有觉出陌生的意味来。就仿佛——我曾在这里生活过，后来离开了，离开很久很久一段时日了；而今，我又回来了。

下榻后，只用半天工夫，我就搞熟了台北及整个台湾地区的交通概况。于是乎，我就带上老伴，乘捷运（地铁），乘公车（公交），搭高铁，搭大巴，也坐坐台铁快速自强号和逢站必停的莒光号，自由自在地进入了游客角色。

在台北，我参观了台北故宫博物院、中山纪念馆及士林官邸，看了龙山寺、阳明山、西门红楼和大湖公园，并登上了一零一大楼。在新北，我参观了红毛城、小白宫，看了淡水老街和渔人码头。在基隆,我看了基隆港,观赏了野柳海洋地质公园。在新竹,我巡望了学府路,参观了台湾"清华大学"。在台中,我考察了著名的宫原眼科糕点小店,游览了小巧的城中园林。在嘉义,我由高铁火车站走到台铁火车站,仔细端详了小市的市容。在台南,我参观了安平古堡、安平小炮台,赏瞧了名闻遐迩的树屋奇景。在高雄,我参观了红毛港、"打狗英国领事馆",游览了西子湾、旗津岛及沙质细软的黑海岸。在台东,我观赏了经过矮化培育的芒果园,游览了东海岸的怪石名滩小野柳。在花莲,我观赏了七星潭,游览了花木繁茂的滨海长廊。在宜兰,我观赏了丢丢当游乐场,游览了清新秀丽的小街小巷。由甲城到乙城、再去丙城与丁城的旅行过程中,我自然也将热乎乎的视线,投向了广袤的山野,饱览了辽阔的田园风光。

总体看来,台湾与大陆城乡日新月异的发展变化相比较,无疑是落后了。就市容市貌而言,台湾的城市,都比较老旧。有些城乡接合部,更显得破破烂烂。台湾的村景,也缺乏特色。按说,台湾乡下的建筑物,理应带有闽南的影子。然而,不。由台湾的乡舍上,我看不出半点闽风。一簇簇一片片造型凡凡的小房屋,与内陆东西南北中的民居都挺相似,却又并不十分相似,给人一种似是而非的印痕。

台湾多山。除了中央山脉,还有无计其数的小山与丘陵。山上多树。就连大山的巅峰,也长满了绿树。山色很绿,一统葱茏。我所搭乘的火车和大巴,就在群山间蜿蜒穿行,穿过一个山洞,再钻又一个山洞。台湾的河,也多为干河,水量很少。缘于台湾的土壤多为黑土，台湾的河流也多为黑水。而台湾北部的淡水河，却是另外一副模样了——水量丰满，水质清澈，水面宽阔，水景浩瀚。老实说，淡水河是我在台湾见到的唯一一条大河哟。

　　台湾风光，独有神韵。台湾的好景色，以阿里山为最。阿里山的原始森林，瀚辽，茂密，雄壮。好多红桧树，树龄都在千年以上。更有一株树王，竟在阿里山上生存了两千三百余年，至今仍然生机勃勃，地地道道称得上树神了。放眼望去，满山遍野漫无边际的大树，粗壮伟岸，直干千寻，拥拥挤挤，遮天蔽日，真是美不胜收噢。又附以山泉淙淙，山花烂漫，那林景就更加显得神异非常了。而颇得宋美龄女士青睐的日月潭，给我的印象却平平无奇了。日月潭原本就是一座水库，面积也不够大，难以形成大水景。潭边的山，更是普普通通的山。尽管蒋介石为纪念其母还在山脊上修建了一座慈恩塔，也无法给日月潭的色度添上一笔重彩。若拿日月潭的潭景，比对太湖鼋头渚一带的湖景，可就绝对是小巫见大巫喽。至于其他一些风景地，我认为野柳的砂岩怪象还是蛮好看的，余者则略显一般了。

　　台湾的水果产地，不算多。只在南部和东部，育有规模性的果园。所以，也只有当我走到嘉义、台东、花莲和宜兰的时候，才真正获得了品食宝岛水果的好机会。而在台北市区，你若想于热汗淋漓唇干口燥的情态下饱食一顿爽人的水果，可就难极了。在台北街面上，排除较大的超市，你很难找到一家水果店。台北水果的价格，也偏高。西瓜时价，略等于北京的三倍。芒果时价，菠萝时价，也比北京贵得多。台湾的菠萝，也就是当地人所说的凤梨，甜度大，好吃。台湾的芒果，肉质鲜美，更好吃。而释迦的味道，则缺乏太大的诱引力了。

抛开水果，台湾多数消费领域的物价，都不算贵。普通的服装店里，衣裤价位不高。普通的快餐店里，其菜品售价也便宜。吃一顿简单的便餐，只需花销十几或二十几元人民币。台湾景区的门票，更便宜。进一趟老景迷人的阿里山，所要付出的经济代价仅为一百五十元新台币，约合三十块人民币。而老翁老妪上山观光，就完全免费了。

台湾同胞的文明素质，挺不错的。捷运与公车的车厢里，均设有"博爱座"，供老人、小孩、孕妇和残障人使用。可那些特设座位，竟然常常空撂着，无人就座。就连一些年岁较大的老人家，如果不是太累太乏了，也不去占用那种专属座椅，而把它留给更需要休息的人。台湾的公众场所，秩序井然，极少有人当众喧哗，展现出良好的安宁气氛。在车站，在码头，在各类车厢内，在摆渡的船舱间，人们或闭目养神，或读书看报，或闲瞄窗外的飞物流景，没谁高谈阔论饶舌唠嗑，更没谁播放讨厌的"随身听"去骚扰邻客的耳朵。大家相安勿噪，营造出一隅静悄悄的小环境。台湾同胞喜静，而心性却热。无论男女老少，都有一腔热心肠。那种饱含血亲元素的热乎劲儿，令我感动。你若问路，她或他总会连说带比画将方位、地标乃至行走路线详详细细告诉你，让你明明白白顺顺利利到达目的地。

中华民族的礼仪传统，在台湾同胞身上完好地延续下来了。

民以食为天，吃饭第一。这一民生理念，在台湾得到了全方位的体现。可以毫不夸张地说，台湾是食客的天堂。台湾最精致的特色食品，当数凤梨酥。而台中市宫原眼科制作的土凤梨酥，又是同名糕点中品位最高的极品，享誉岛内外。我察毕宫原眼科，特地买下一盒传统凤梨酥，再买下一盒米凤梨酥，与老伴细细品尝。那味道，确实是别有一丝儿意思在舌尖噢。台湾的夜市，就更是各类小吃的汇聚地了。我们老两口，先后逛过了台北的士林夜市，吃过了豪大大鸡排；逛过了花莲的自强夜市，吃过了有名的"蒋家官财板"；逛过了基隆的庙口夜市，吃过了鼎边锉、蚵仔煎、天妇罗；逛过了新北小白宫旁边的老巷子，在6—1号老牌店里饱食了最正宗的"阿给"，还喝下了一碗鱼丸汤。而各地的木瓜牛奶，我们也连连饮过了。总而言之，我所尝过的宝岛美食，也算名不虚传哪。

喜欢看山看水的我，在走遍台湾之后，必然会对宝岛的地理概貌，有了一份粗线条的认知。我想说，赏罢诸多地界，其中淡水给我的印象，是最好的。淡水河畔，区划称淡水，乃新北市的一个镇。那儿，景色旖旎，氛围清宁，自然环境得天独厚。在我看来，淡水一带是台湾全岛最适合人居的好地方。置身水岸，拨开古榕的长须，放眼慢慢环望，但见得波影淼淼，山绿融融，老夫我正经是通怀大悦了，好一番心旷神怡唷！

2015年9月于北京

散文

（三）

大英地景

英国，国土块儿不算大，却史来不凡，自称大英。

今夏，我去大英走了走，看了看。从南走到北，从东走到西，再从北走到南，再从西走到东，整整转了一个大圈子。得益于旅行社的安排，我多地涉足，还在英伦中部落过了脚。一路上，崇拜自然风光的我，放目四野，频频扫瞄，着重观赏了沿途的地物地貌。我想说，英国的山川景色，委实要属平平而又平平啰！

英土，少山。其东、中、南，基本是平原。居间行走，看不到山，只能偶尔瞄见一两个坡度缓缓的土包子。唯独北与西北域，才有山。而且，那些山也不高，也不秀，缺乏峰姿峰彩。据说，英国最高的山，也只高有海拔一千多米，实难做得奇峰噢！

英土，无大河。走在英国地块上，很难看见一条像模像样的河。即使看到了河，那也是小河，或曰小水沟子。于是乎，旅人的视野，便漠漠然啦，不得滋润了。

在英国，看不见大森林。环望英土，只能看到星星点点的小林子。细瞅，小林里少有大树。部分树棵子，横看成排侧看成行，明显袒露出人工植造的痕迹。

因纬度较高，地温气温不火不燥，英土不长果木。我费尽眼力，也没在所经之处看见一棵水果树。想必，英国百姓要吃水果，就只好依赖进口了。

苦在地缘位置不佳，英土物产贫乏。不列颠群岛不仅不长果树，竟连香瓜和西瓜都长不了。逶迤连绵的农田里，只长小麦、大麦、燕麦和土豆。如此地景，就难免失于单调了。倒是一片片牧场上的牛群、羊群、马群，为这凡凡乡色添进了灵动的光花。

英国没有黄山，没有漓江，没有西湖，没有张家界。说其地景平平，应该不算妄言了。

英国是岛国，四面环水，整整被海洋封裹了。原始版图小，地质资源少，物产不够丰富，这纯属英国自然条件所导致的缺陷。该一系列先天之不足，能否就是历史上大英帝国极度扩张广泛开辟海外殖民地的国策成因呢？

丢失了霸主大名，大不列颠及北爱尔兰联合王国虽已不再"太阳不落"了，却仗其高超的教育水准和雄厚的科技实力，依然是一个发达的现代化强国。

2016 年 9 月于北京

英国人文风光

英国,地景平平,乏美可颂。然而,英国的人文风光,却令我赞叹了。大都小镇,布满秀塔丽厦;郊原僻壤,多有近迹古遗。数不胜数的人为景观,一一闪射出不列颠文明的光芒,给我留下了难忘的印象。

一赞:城堡王宫,形影伟傲,独成乾坤。

回觑历史,出于安全及防御所虑,英国王室尽将自己的宫廷建成了城堡。其中最著名的爱丁堡城堡和温莎城堡,都建在易守难攻的高地上。随之,一种以城堡为主体的山景,便应运而生了。

爱丁堡城堡,坐落在苏格兰首府爱丁堡城外一座死火山的山巅。崖头城墙,高低迭连,线条逶迤;墙内楼阁,簇簇拥拥,错落有致。远远望去,那居高临下的雄姿,横空出世,大有人间天阙的意味了。

温莎城堡,位于伦敦西南郊泰晤士河边的小山上。陡峻的石砌城墙,浑圆的塔楼,方正的殿堂,十分巧妙地组合在一处,连成一片恢宏壮阔的皇家城池。此乃世界上最大最古老的城堡，也是至今仍然被英国女王使用的办公御所。我进城堡内里走了走，颇为其精巧的殿堂格局、华美的起居设施以及无价的文物宝藏所震撼，所迷恋。尽管温莎城堡在1992年遭到了火灾，造成了巨大损失，但，经过一番仔仔细细的修复，古堡依然焕发出富丽堂皇的丰采。

白金汉宫，即英国王宫。这座为当今女王伊丽莎白二世所常居的正宫，轮廓伟岸，尊容华贵。我与老伴买妥老人优惠券，也随众踱进白金汉宫瞄了瞄，观感甚佳。其打造精致的厅、室、廊，装潢考究，金碧辉煌。其洋洋宫物、洋洋宝器、洋洋名画，以及伊丽莎白二世的王座，华光闪烁，价值连城。综合本人视觉，我当即给出了由衷评语：女王的家，太瑰丽、太璀璨了。

当我款款步出大内、来到宫前广场的时候，正赶上皇家卫队举行隆重的换岗仪式。就见一队身披红装、头戴油黑熊毛帽的仪仗兵，持枪举剑，擂鼓吹号，整齐划一地跨出了王宫大门。随即，那方红彤彤的兵阵，便与围观的五洲游客融为一体，与海德公园的绿林融为一体，汇作一片灵动多彩的大风景，甚为壮观。

二赞：传统建筑，体貌精妙，大放异彩。

英国拥有庞大的古典建筑群，楼堂馆所品类繁多，风格殊具，享誉世界。哥特式、罗马式、巴洛克式、诺曼底式、哥特复兴式，林林总总，伟岸一统。一簇簇一丛丛古典建筑物，各赋神采，各领风骚，形成了风韵万千的塔厦景致。

都城伦敦的威斯敏斯特大教堂和威斯敏斯特宫，古邑约克的约克大教堂，牛津大学之万灵学院，剑桥大学之国王学院，全是欧洲古建筑最经典的遗产。论架构，奇巧；论造型，精美；论风度，秀雅；通体上下，棱角分明，玲珑剔透，予人以爽目清心的艺术魅力。甚至可以说，威斯敏斯特大教堂、约克大教堂和威斯敏斯特宫的每面外墙、每扇花窗、每座尖塔、每道塔棱，都富有超凡的审美价值。

伦敦的圣保罗大教堂、大英博物馆和国家美术馆，还有坐落在远乡的丘吉尔庄园，则属于另一类风格的古典建筑精品。大器，厚重，豪壮，显贵，是它们共同的特征。这些伟大建筑所形成的物象，无不强烈地吸引了我的眼球。同欧洲各国一样，英伦也把自己的传统建筑统统做成了艺术品，真是难能可贵。直面人家高超的土建艺术，我只有钦佩、钦佩、深深地钦佩了。

大英博物馆与英国国家美术馆里珍藏的文物，更是难得的艺术极品，尊容神奇，暗香诱人。世界级的瑰宝，世界级的雕塑，世界级的名画，比比皆是，我愣是目不暇给了。尽管部分宝贝上烙有被掠夺的史痕，却也件件绝无奴色，全然映射出人类文明的光华。

三赞：巨石奇阵，神秘玄奥，催人遐想。

在索尔兹伯里平原上，立有一圈巍峨巨硕的柱状大石头，人称巨石阵。这是一处闻名全球的英伦史前文化遗址，距今已有四千三百余年的史龄了。我选定最佳观赏角度，放眼展瞭，但见一簇无比雄壮的石头大柱子，由碧绿的草场上拔地而起，风骨峥嵘，威镇四野。默读此石此景，我满心震撼，叹为观止。自然我就暗暗认定：巍巍巨石阵，绝对是英国最为杰出的人文奇观。

在遥远的古代，巨石阵本为何物？专家们各怀猜度，其说不一。神庙？祭祀场？天文观测台？莫衷一是。特别让人百思不得其解的是：巨石阵中的巨石，高达八米，平均单体重量近三十吨，诚可谓庞然大物了；在没有运输工具和起重设备的远古，英伦先人究竟采取了何等招数，才将这些大石块从采石场运到目的地、进而切割成形、进而竖立起来了呢？直至今日，这一问号仍为不解之谜。或许正是因为奥秘难解的缘故吧，巨石阵才愈发逗引了五洲访客。

四赞：剑河风光，美轮美奂，令我留恋。

众所周知，剑桥大学，是一所拥有顶尖教学质量的老学府。在英系院校行列里，剑桥仅次于牛津，位居哈佛之前，排名第二，受到多国学子向往。但我所仰慕的，则是剑桥大学的校园风光。我甚至觉得，剑桥大学不仅仅是一所学府，更是一方饱含智慧浓度的风光宝地。一条袅袅娜娜的剑河，安安静静地流淌着，泛出金晃晃、银闪闪的涟漪。微微倾向河心的垂柳，垂下一缕缕随风摇曳的绿丝，一如少女甩动了芬芳的长发。河两侧，散落着国王学院、皇后学院、三一学院、圣约翰学院等明窗之所，布满了草圃、花坛和休闲椅子。秀堂丽阁，绿树红花，彼此掩映，相得益彰。我搭乘扁舟，漂游在柳影婆娑楼影颤幻的河面上，钻过一座桥，再钻一座桥，油然生出心旷神怡的情绪来，简直就算被迷人的剑河融化了。一声小叹，我暗想：有幸在这般优雅宁静的环境里读书、论述、搞科研，才真真叫作智力发育和书香享受呢！难怪，包括华夏才女林徽因在内的精英们，都齐齐地走进剑桥大学，苦度一段青春光阴，从而夯牢了自己的知识基桩。

"轻轻的我走了，正如我轻轻的来；我轻轻的招手，作别西天的云彩。"大诗人徐志摩的歌，浪漫有加，脍炙人口。而林徽因离开剑桥那天，也会如此轻松浪漫吗？

说实话，面对一廊子蕴足智慧底彩的剑河风光，我陶醉，再陶醉，还当真有点流连忘返了。

相反，声名远扬的泰晤士河，给我的印记却凡凡然了。一则河窄，其宽度至多能有黄浦江的二分之一，太窄了。二则水浅，不少河段竟裸露出难看的沙石滩，有碍观瞻。河上的桥，蛮好，风格独特。更有一座驰名全球的塔桥，端庄典雅，美极了。可岸畔的建筑群，却搭配杂乱，良莠不齐。以国会大厦、大本钟、伦敦塔为代表的老建筑，个顶个雍容华贵，令人赏心悦目。而以伦敦眼和碎片大厦为先锋的新潮货，就落得不伦不类喽，透出一股轻浮花哨的怪味。总之，泰晤士河两岸新旧建筑物交混杂陈的画面，有失和谐了。原本就不算大川的泰晤士河，弯弯扭扭穿过一幅不太和谐的画面，岂能生成漂亮的河景呢？

在我眼里，盛名鼎鼎的伦敦泰晤士河风光，比起我们上海黄浦江外滩的风光，显然逊色了。不管以诗情论，还是从画意讲，黄浦江外滩的全景，确实要比泰晤士河风光宏阔多了，也好看多了。

2016 年 10 月于南京

聆听天籁

英国前首相温斯顿·丘吉尔的庄园，豪华别致，寰球闻名。那主体建筑、附属建筑、广场、花园、湖泊、树林及绿野，有机地融汇在一起，形成了一域独特的家居领地，格局恢宏，规模庞繁，蔚为大观。宫殿雄伟，塔柱峻奇，雕塑精巧，喷泉秀逸；且又芳花艳丽，林木葱茏，草场广袤，草坪辽阔。好一派壮朗、浩瀚、优美的气象与光景，令人咋舌。

走进殿堂放眼遍览，是参观丘吉尔庄园的主务。就发现一个个金碧辉煌的宏堂大厅里，摆满、镶满、挂满了来自英格兰、苏格兰和世界各地的珠宝、瓷器、兵戈、钟表、家具、餐具、灯具、霓裳、壁毯式名画，还随处可见与主人相关的用品及照片，可谓琳琅满目，熠熠生辉。不过，如此一系列经典文物，尽管十分引人注目，却概不能过分撼动我的神经。只有丘吉尔那张蹙眉、瞪眼、闭嘴咬牙的大幅头像照，才促使我端详了许久，记下了一位集政治家、军事家、画家、作家、诺贝尔文学奖得主（获奖作品——散文类著作《不需要的战争》）于一身的国际大人物的冷峻面孔。我要肯定地说，由丘吉尔大殿漫漫一路走下来，最最叫我激兴最最叫我赏心悦目的宝贝，则是那架伟岸巨硕、银彩四射的大号管风琴。

乍入长方形的大厅，我就看见了长厅尽头巨型管风琴耀耀夺目的影子。渐行渐近，管风琴的大雅之相，便赫然展现在我的眼前了。几十条明晃晃的、长短粗细各异的高大琴管，由琴座基部竖起，一直冲抵厅堂的穹顶。琴座上，配置有考究的神话浮雕、艺术图案和美体文字；高耸的琴管顶端，也搭戴了精妙的天使雕像和金色饰花。觑目静观，巍巍一架价值连城的古老大乐器，真就让我肃然起敬了。

我的运气，还真好。于我专心致志欣赏管风琴的时段，恰巧有一位体貌端庄的高龄演奏家，正在优雅自如地弹击琴键。他十指齐舞，翩然点动，于是由那深蕴灵气的金属琴管里，发出了悦耳的乐声。我脑门一震，随就聚精会神，侧耳聆听起来了。可听到，打那玄奥旋律里源源飞出来的音符，忽而爽亮，忽而低沉，忽而柔弱，忽而酣重，忽而缠绵，忽而激越，像风哨，像雷吟，像江涛，像虎啸，也像大群大群蓝孔雀在婉转啼鸣。声声多情，声声润泽，声声芬芳，带有大自然雨露云花的气息。啊！莫非？这就是天籁？这就是仙调儿？这就是宇宙里又一种韵味独具的声音？呋，呋呋……直至将那首曲子完完整整地听过了，我才暗暗喟叹着，举步离开了华贵的琴宫。

来到草坪，只徜徉了几十码，我便在厚厚的草毯上坐下了，小憩。而那管风琴的音律，还在我耳际依依回荡，不绝不逝了。呷口水，醒醒神，看一眼不远处古朴的雕塑、茂密的树林，再看一眼草坪外头秀丽的喷泉、盛开的鲜花，我顿时觉得：这有声与无声的一切，浑然交融为一体，实在要算相映成趣了。

2020年7月于北京

观赏莫斯科

早先，国人称苏联为老大哥。且，我在高中阶段又学了三年莫斯科口音的俄语，于是本人心目中，便留下了诸多老苏联的亮色。我一直在想象，原苏联的都城莫斯科，笃定是一座宏伟的、闪光的、美不胜收的大城市。

今年夏，我如愿走进莫斯科，几乎是不眨眼地观赏了莫斯科的市容。然而，期望值上的落差，实在太大太大了。

红场，模样经典，色泽庄重，可谓漂亮。俄罗斯人，以红色代表美，所以，在列宁时期，苏维埃官方为追求全社会焕然一新的精神风貌，便将史称"黑广场"和"灾难广场"的莫斯科中心广场，更名为"红场"。红场美，红场好看，只是红场太小了，长约三百米，宽约一百米，太小太小了。另，红场有斜坡，有斜坡的小广场上铺满了石块硬覆盖，给人一种凸凹不平的脚下感。俄联邦多次在如此一个小小的广场上，举行盛大的阅兵式，也真叫难能可贵了。

与红场紧密依偎的克里姆林宫，也经典，也漂亮。总统府漂亮，大会堂漂亮，钟楼漂亮，象征蜡烛火焰的东正教教堂

"洋葱头"尖顶更漂亮。在克里姆林宫里周游一遭，我最大的收获是，第一次搞清了"克宫"的概念。原来，克里姆林宫并非一座宫殿，而是一片皇家建筑群。我旧日想象中的俄国皇宫大殿，于是解体了，化整为零了，变成现实中虽也壮观却有失庄严的建筑风景了。

我发现，红场与克里姆林宫最美的画面，不显像于内，而显像于外。只有擦过漂亮的圣瓦西里大教堂，顺着红场的斜坡走下去，走到克里姆林宫左前角，站在莫斯科河的大桥上，才能看到克宫和红场结合体最标准、最极致的美貌。置身桥侧观光台，我扶栏举目，一帧颇富灵性、极具震撼力的胜景，便尽收眼底了。微微弯曲的河水，静静流淌，柔姿袅娜。水岸边，矗有高耸的塔峰，竖起雄伟的红墙。红墙里，绿树葱茏，林景幽幽。绿树顶端，钻出金光闪闪的洋葱头。克宫里红、绿、金三彩，配以洋葱头上空的蓝天白云，五颜六色交相辉映，一体瑰丽，一统斑斓，真叫一个优美绝伦啃。我敢说，由莫斯科河和克里姆林宫缀合而成的巨幅立体画，是整个莫斯科乃至整个俄罗斯最最精华、最最养眼的景观了。

就城市建筑物而言，以莫斯科大学为代表的、被俄罗斯人称为"斯大林大厦"的老楼，还是蛮有特色的。我们中国人，十分熟悉这批老楼的建筑风格。北京的军事博物馆，北京展览馆，北京邮电大楼，新闻出版大厦，以及一些大学的主楼，似乎就模仿了"斯大林大厦"的形影。目睹莫斯科"红色"老建筑饱含沧桑、日见衰败的样子，我心间油然泛起一股五味杂陈的感受。

走上莫斯科唯一的高地麻雀山，远眺莫斯科全景，还可以看到一簇鹤立鸡群的摩天楼塔。那，便是我们中国人为莫斯科设计并承建的金融中心。现代、时尚、摩登、前卫、华美，是莫斯科金融中心应得的评语。不可否认，唯有这簇由中国人设计并承建的摩天楼群，才给莫斯科注入了新鲜而生动的活力。

游罢莫斯科，观感平平。在我的眼睛里，莫斯科的红场和克里姆林宫，地道是美妙精彩的。由中国人建起的金融中心，地道是新奇光鲜的。诞生于二十世纪五十年代的斯大林大厦，也是不错的。穿城而过、为俄都滋润生命的莫斯科河，更是一条灵气活现的丽水。除此而外，莫斯科给我的整体城市印象，就乏善可陈了，甚至称得上破破烂烂了。踏入莫斯科地界，张眼一望，视野里的物象，一派繁乱。楼不像楼，街不像街，荒杂无章。街道上方，密密麻麻乱乱糟糟拉满了电线，仿佛整个城市都被黑漆漆、黏糊糊、脏兮兮的蜘蛛网覆盖了。而行驶在路面上的公交车，尤其老旧不堪，没的模样喽。这景象，与大国首都莫斯科在世界上的声望，实在有点不相匹配啰！

深夜花园里四处静悄悄，
只有风儿在轻轻唱。
夜色多么好，
心儿多爽朗，
在这迷人的晚上。
……

一首《莫斯科郊外的晚上》，令我心醉，令我迷恋，并吟唱了大半辈子。然而，此番去莫斯科，我却没有体味到歌中那般清雅幽柔的意境，真是遗憾了。

2017年8月于北京

浅谈圣彼得堡

圣彼得堡，即苏联时期的列宁格勒，是俄罗斯第二大城市。

许多去过俄罗斯的人，都跟我说：圣彼得堡很美，很漂亮。

今年，我慕名造访了圣彼得堡。出任导游的俄罗斯女人，也侃侃陈词，说圣彼得堡是全世界最美最美的城市。

我游罢圣彼得堡，却有了不同于他人的感觉。我也认为，圣彼得堡挺不错，挺整洁，挺漂亮。但，圣彼得堡的漂亮度，还不算高，并没达到很美很美的层级。与欧洲一些好看的城市相比，圣彼得堡的颜值指数，还差多了。

三百年前，俄罗斯没有欧式风格的城市。青年时期留学西欧的彼得大帝，特喜欢欧洲建筑的美韵，于是登基后，他举全国之力，在由瑞典人手里抢夺来的波罗的海岸边，模仿欧洲楼宇的模样，建起一座崭新的城市。这座新城，就是今天的圣彼得堡。缘于仿造，绝非以本民族建筑理念与建筑风格天然生育而成，所以圣彼得堡的楼厦和街巷，就明显缺乏灵气与变化了。放眼一看，视野里的楼貌宇容，虽非千篇一律，却也大同小异。一条街上的建筑物，很难给人留下清清楚楚的差别性记忆。这种城建品相，比之于欧陆城镇琳琅满目姿彩缤纷的建筑群落，就难免逊色了。唯有那些金光粼粼的洋葱头式教堂尖塔，才映出了沙皇都府圣彼得堡独有的特征。

西欧的城市，如巴黎，如日内瓦，如阿姆斯特丹，城史悠久，却依旧风貌光鲜。而圣彼得堡，开埠仅仅三百余年，就已经落得相当陈旧了。想必因为经济不景气，圣彼得堡的建筑物缺乏保养，严重失修。楼房墙皮脱落，宇厦掉瓦断砖，凡此等等，屡见不鲜。这就不能不使人们对圣彼得堡的观感，大打折扣了。

坐在游船里，畅游涅瓦河，我的视野景象才焕然一新了。由清亮的水面上，四向遛眼，可以看到诸多精妙的风物。冬宫、海军部大楼、彼得保罗要塞、彼得保罗大教堂、阿芙乐尔号巡洋舰，佳景迭出，赏心悦目。俄罗斯导游女口若悬河，嘻嘻道出了十月革命期间起义海军鲜为人知的秘密，这又绝对使我陡增了水上观光的兴趣。她说，苏维埃武装攻打冬宫那当儿，阿芙乐尔号巡洋舰上的舰炮，竟是没有实弹的空炮，根本打不响。所谓"阿芙乐尔号一声炮响，推翻了沙皇统治"的史话，完全是虚构出来的故事。我听完，不禁大惊失色。惊愕之余，也只有哑然失笑了。

圣彼得堡名唤列宁格勒时，城里竖满了列宁铜像。几乎每个路口，都竖有一尊列宁铜像。而今，随着列宁格勒复名为圣彼得堡，列宁铜像全被清除了。唯在当年列宁从芬兰秘密返回俄罗斯指挥武装暴动时走下火车的火车站——芬兰火车站的站前广场上，保留了一尊高大的列宁铜像。于是这尊幸存的列宁铜像，便成了旅俄者争相拜见的红色文物。我觉得，彼得堡当局清除列宁铜像的决策，似属失误之举。假如将每个路口上的列宁铜像保留至今，必会给该城增添无穷的别样魅力。那满城或立或坐的列宁铜像，岂不就是史诗般的文化遗珍？若干红色领袖列宁的铜像，搭配上令部分欣赏本民族野蛮扩张史的俄罗斯人引以为豪的彼得大帝及叶卡捷琳娜二世的铜像，岂不就构成了景彩多意、景深幽远的立体画卷？如此这般的圣彼得堡，其城市特质与特色，岂不就豁然彰显了吗？

参观冬宫，心生不悦。俄罗斯人单单送给中国游客的"礼遇"，令我十分反感。冬宫内殿，有两个展厅，展出来自中国的文物。其他国家的游人，可以在展示中国文物的展厅里自由自在地走走停停，停停走走，尽意观赏。唯独中国人，则不可在陈列本国文物的展厅里驻足一秒，细读详览。冬宫管理者既无理又特别蛮横地强调：中国游客进入中国珍品展厅，不准停脚，只准慢走。这一为中国人单独设计出来的"法纪"，充满了霸风匪气。他们的本意，根本不想让中国人参观展有中国珍品的展厅。但是，两个陈列中国珍品的展厅，却恰恰位于整个冬宫观瞻路线必经的主径上，所以俄人才不得不让中国游客顺路一瞥自己国家被盗的宝物罢了。该做法无疑表明，某类俄罗斯人，至今依然做贼心虚。他们忐忑：中国游客看到自家失窃的国宝居然出现在冬宫里,是否会当场涌起一股愤慨之情啊?!

……

游过圣彼得堡,我想说,今日之俄罗斯,已经落后了。

2017 年 8 月于北京

森林国都赫尔辛基

芬兰首都赫尔辛基,方圆不算大,却是一座迷人的森林城市。除核心城区外,其余区域,全部掩隐在葱茏的绿林里。

马路两侧,大树簇簇,相缀成林。每条街巷,都是青幽幽的林荫道。穿行其间,赏阳光缕缕,听百鸟啾啾,心旷神怡。

楼宇前后,松枫茂密。站在酒店的晒台上,俯首展望,林景苍茫。看乔木,峥嵘鲜朗;觑灌棵,柔姿绵连。绿韵养眼,心旷神怡。

办过1952年奥运会的体育场,椴林环绕,绿荫浓郁。到椴树林里走一走,芳气沁人,六腑清爽。

为纪念芬兰大音乐家西贝柳斯而建立的西贝柳斯公园,也坐落在树林里。高大的管风琴钢雕,与雄壮的红松林,近距相依,形成和谐的园林丽景。到红松林里逛一逛,松香扑鼻,六腑清爽。

登上白教堂高高的台阶,立身红教堂茵茵的草坪,放目芬兰湾岸边的主城区,视野豁然大展,一派生机。俏雅的楼阁,俊秀的尖塔,由绿油油的林冠上方钻出来,仙气活现。更有闲泊港口的邮轮，还有快艇犁起的浪花，与满城林海遥相映衬，越发交绘出明媚灵动的彩画，引人入胜。

森林国都赫尔辛基，小巧，优美，典雅，清新，安谧，绝对是一座宜人居住的绿荫小城。

中国的城镇，是否也应该向森林城市的目标迈进呢？

答案，是肯定的——太应该了。

2017年8月于北京

美丽的波罗的海

大夏七月，我搭乘诗丽雅交响曲号豪华邮轮，由赫尔辛基启程，前往瑞典首都斯德哥尔摩。

我平生首次乘坐邮轮，眼界大开。邮轮上，超市、商场、饭庄、酒吧、舞厅、影剧院，当有尽有，一应俱全。我感觉，邮轮就是一个流动的国际小社会，各色人种同舟共济，和睦相处，一团安详。

我平生首次穿越波罗的海，观感大悦。我惊喜地发现：波罗的海是一片美丽的海，美轮美奂。一望无际的海湾里，天女散花般撒满大大小小的绿岛，一如在翡翠磨制的镜面上，镶满了祖母绿宝石。千千万万颗祖母绿，点缀着波光潋滟的水面，波罗的海天然就大美无限了。

由赫尔辛基乍离港，芬兰湾里的祖母绿，便一颗挨一颗跃现在我的眼帘上了。绿宝石似的小岛上，长满了绿树，开满了野花。仔细看，那鲜亮繁茂的绿林里，多半树种都是挺拔耸直的红松树。红干绿冠，密密麻麻，联体群立，林景迷人。

尤其令我兴奋的是，那波罗的海的水，也绿，幽绿。幽绿的海面上，柔风袭来，泛起晶莹剔透的浪花。浪花刹那定格，煞是好看，不啻上苍镌出的浮雕画。更有成帮结队的军舰鸟，盘旋在浪花上空，逍逍遥遥，舞蹈翱翔，使大海越发添足了生机。大幅大幅幽绿而欢活的海貌海景，光华旖旎，美不胜收。听鸟歌呱嘎，看浪花跳跃，我自心旷神怡了。

邮轮驶入瑞典海域，我放目四野，景观更佳。祖母绿似的小岛，更多更美更精致了。岛上的红松林，也似乎更密致了。出奇灵动的丽景是：由小岛上的绿林里，零星闪现出美妙的小房子。几乎每座岛山前，都筑有红色、黄色、紫色、白色、蓝色、咖啡色的小木屋、小石屋、小草屋，仿佛在祖母绿宝石上嵌进了灿烂的琥珀和玛瑙。小房子脚下，幽径通达，通向海岸边的小码头。码头里，泊有白生生的游艇和小船，供主人们水路来去。一处又一处仙境般的景致，太美太妙了，令我心驰神往。感慨澎湃，我暗自歌颂：那每一座祖母绿小岛，都是一首韵味醉人的风光诗。

邮轮破波驰骋，海面上新景频现，我的视野里，欣欣向荣。整整一片波罗的海，水象鲜活，生态旺盛，繁繁茂茂长满了祖母绿模样的小岛和山丘。邮轮每前进一程，都会迎来一座或几座惹人动情的岛山。觑远岛，岛影迷离。赏近丘，丘色清新。一个又一个出水小岛，一座又一座浴水矮丘，星罗棋布，珠玑绵连，仿佛是魁星文神洒落的墨花，墨香漫漫，大韵弥天。不消说，布满绿宝石般矮丘小岛的波罗的海，也正是一篇大自然写就的风光长卷诗，神奇极了。穿越美丽的波罗的海，岂不等于在诗的字里行间徜徉过了？陶醉，陶醉，真陶醉噢！

　　当邮轮擦过最后一座小岛，抵达斯德哥尔摩，我恍惚幻觉到：我的心里，我的血液里，我的骨髓里，充满了诗情画意。

　　波罗的海，美甚。

2017 年 8 月于北京

斯德哥尔摩，美如诗

瑞典首都斯德哥尔摩，是一座诞生诺贝尔奖和颁发诺贝尔奖的城市。城内城外，沁散出高雅的人文气息。

斯德哥尔摩，美如诗。

斯德哥尔摩多水，被誉为北方威尼斯。里达尔湾，动物园岛，斯特勒姆湾，拉杜戈德斯兰斯湾，饱饱足足地滋润了斯德哥尔摩。水生灵气，水酿诗意，水将斯德哥尔摩孕育成诗卷般的仙境。沿水岸边，楼宇多姿，曲径蜿蜒，绿树成荫。微风吹来，满街满巷飘浮出清馨的诗韵。

拥有王宫的老城，坐落于斯塔登岛。老城老房老品相，诗味浓郁。被瑞典人称为"大广场"的小广场，古貌苍苍，更像一篇简约神秘的旧诗章。广场中央低矮破陋的喷水石垒，恰如一个苍老的文化符号，向世人诉说久远的故事。

音乐厅，乃瑞典国王颁发诺贝尔奖的正殿。其建筑风格，为通体蓝调子，打造出优雅的诗性。李政道，杨振宁，莫言，屠呦呦，均在此地接受了诺贝尔奖项，为炎黄子孙争了光。

市政厅，是每年举办诺贝尔奖庆祝晚宴的地方，造型典雅，格局轩昂。堂、室、廊，广置藏品和美物，开满烂漫的诗花。中国发达了，中国富强了！中国巨轮冲破历史桎梏，破波远航了！中国人的文化科技成果，也能广受世界瞩目，不再被挡在诺贝尔奖大门之外了。当莫言、屠呦呦在蓝厅里痛饮庆功酒的时候，甚该吟上一句"两岸猿声啼不住，轻舟已过万重山"啊！

站在市政厅大厦前，面对梅拉伦湖，我静赏视野里的湖光山色，不禁一阵阵陶醉了。湖水，湛蓝湛蓝，波影潋滟；湖边，白帆簇簇，樯桅林立；湖畔，红楼灿烂，黄阁辉煌，青塔高耸，绿荫绵延。偌大一片城市园林般的水陆佳景，美轮美奂，简直就是诗化的胜境。诗彩，瑰丽；诗意，幽深；诗味，隽永。瞄向繁多景物，我一赏再赏，流连忘返，不啻在贪读一首芬芳的长诗。

斯德哥尔摩，给我留下了优美的印记。

2017 年 9 月于北京

瑞典小镇斯莫根

瑞典西部，在北海岸边，有一座漂亮的小镇，叫斯莫根。

一进斯莫根，满目奇观，丽景如画。数不尽的房车，数不尽的小木屋，数不尽的小别墅，数不尽的小游艇，绵连一片，齐展风采。又，人群熙攘，笑语呢喃，热闹非凡。无疑，小镇斯莫根，是一处休假避暑的胜地。

具体景致，分说如下：

斯莫根，有一处坡度明显的高地。高地上，筑满了各色小房子。红顶，黄墙；绿顶，红墙；蓝顶，白墙；斑斑斓斓，异光闪烁。

斯莫根，有一方宽阔的石坪。石坪上，成片成片停满了乳白色的房车。房车前，炊烟缭绕，饭香弥漫。

斯莫根，有一条水量丰满的海沟。海沟里，泊满造型各异的游艇。帆樯林立，彩旗飘飘，煞是好看。海沟上坎，有商铺，有酒肆，匾幌缤纷，模样繁荣。

斯莫根，有几个小巧的海汊口。汊口里，碧波荡漾，鸥鸟翱翔。时有快艇从汊口里飞出，嗡嗡嗷嗷，奔向外海。

瑞典人，拖家带口，成群结队，到斯莫根小镇休假。世界各地的游客，也慕名而来，观览斯莫根的风景，品尝斯莫根的海鲜，一饱眼福，再享口福。

我，有幸来到斯莫根，自然要尽情随意地游览一番了。

登上高地，我极目远方，展瞭大海。大西洋狂澜滔滔，一望无际；水天一色，空寥浩渺。我的心情，也自是豁然开朗，爽亮豪放了。

踱入海沟上坎的栈道小市，我左顾右盼，仔细品味异国他乡的民生气息。信步款款，游游荡荡，满怀惬意。

踽踽走近小海汊，我立身石岗，观赏大群游艇浪漫出海的盛况。船头斩浪，水花翻飞。鸥鸟翩舞，啼音如歌。一幅百舸争流的海图，美极了，妙极了。

巡视别墅门前的小花园，我寻赏奇卉，津津有味。其中一户窗口下，植有几株品种特别的铃铛花，令我眼光大亮了。那高挑的枝丫上，竟然开出纯黑纯黑的大黑花，真是奇异绝伦了。老实说，本人平生里，还是头一次见识到如此地地道道的黑色鲜花呐！

美景，赏过。美食，尝过。心生诗性，一乐无穷。

详细审视斯莫根，我发现，其固有的自然条件，极差极差！方圆之内，地表之上，全是石头。石岭，石崖，石坡，石坪，石板，石礐，凡此种种，不一而足。一片石头领地，几乎寸草不生。由是，先前的斯莫根，是一个极穷极穷的穷地方，全村人只能以打渔为生，过着平平淡淡的小日子。

穷则思变，绝路逢生。斯莫根人因地制宜，开天辟地创办了休闲旅游业。于是，斯莫根发达了，升华了，由一个贫穷落后的破渔村，脱胎换骨变成了美丽富饶的现代小镇。

斯莫根的故事，和美国拉斯维加斯的故事，大体相似。美国人，在浩瀚的沙漠里，建起一座以旅游业为主导的新城，引来了滚滚财源。瑞典人，也灵机一动，以石治石，把乱石岗做成了钱罐子。所谓英雄虎胆，改地换天，此例便是也！

中国一些贫困地区的官民，是否也该学学人家的法则，做做这类故事里的主人公呢？

2017年9月于北京

舟游哥本哈根

丹麦首都哥本哈根，是一座典雅美丽的城市。

我惊喜地发现：哥本哈根的建筑物，都很端庄，都很雅致，都很漂亮。特别是大多数楼厦顶端的尖塔，格外令我称奇——高耸入云，造型极妙，色泽鲜朗，堪称一绝。

脚踏实地，徒步散逛，看过王宫，见过市政厅，拜过安徒生铜像，赏过吉利女神鞭牛图，品味过各色建筑佳作，我便登上一艘游艇，舟游哥本哈根的海域及河网。

水上观光，是一种上佳的游览形式，可以收视到广阔灵动的水陆美景。随游艇犁波漂荡，我首先看到现代感极强的哥本哈根歌剧院。歌剧院体量宏大，形象雄伟，分外醒目。那正方形的基座上，立起半圆状的楼堂，结构巧妙。楼堂上方，搭有长方形的平盖子，有如胖脸美女戴了一顶鸭舌帽，好看极了。不可否认，大剧院临水而居，给古朴典雅的哥本哈根抹上了摩登的色彩。

游艇继续航行，我远远地望见了要塞，望见了军港，望见了军舰，眼光豁然大亮了。和平年月，友谊至上，诸多景色均不向世人回避了，真是好事哟。海面微风习习，海鸥咕嘎鸣唱，我的心情，也随而化成快乐鸟，展翅飞翔喽。

回游的航路上，船长特地将游艇拐向岸边，使我赏见了名满全球的铜铸精灵——小美人鱼。远瞅，美人鱼是一位娴雅的裸女，柔姿妩媚。她静静地坐在石台上，悠闲自得，无忧无虑。而近觑，却见美人鱼眉目阴郁，面颜不展，仿佛内心充满了隐痛。可见，雕刻家爱德华·艾瑞克森完成的杰作，地道将安徒生笔下的意思表现得淋漓尽致了。

出乎意料，我还看到了皇家码头。一个为皇室成员专用的渡船泊发地，并不奢华，看上去极为简朴——两个灰壁绿顶的小亭子，夹住一条入水石阶，码头便做成了。在不设围墙的前提下，皇室成员由此来来往往，也算平易近人了。

在归港的河道里，我欣然看到：一条不宽的桥廊上，挤满了自行车。丹麦是自行车王国，几乎每人都拥有一辆自行车，全员注重绿色出行。骑自行车外出游玩或办事，蹬自行车上班出门下班回家，已成为丹麦国人日常的交通选择。不消说，那密集的自行车队，绝对是一道好风景啊！

全民强化环保意识，丹麦的国土怎会不绿不美呢？

2017年9月于北京

玩在挪威西部雪岭

挪威西部峡湾地区，多山。山岭海拔虽不高，却终年积雪。

北欧盛夏季节，我和老妻搭乘一辆沃尔沃大巴，向雪岭进发。

大巴车由海岸地带起步，一路上行。穿过针叶林带，越过岳桦林带，沃尔沃终于爬上一千二三百米高的山顶，在两侧插满雪深标杆的山道上缓速逍遥了。

山原岭野，长满了地衣、苔藓、蕨草类植物，一片灰绿色。灰绿基调中，杂有奶黄色和橙褐色的斑斓。逶迤的山岗上，盖着白雪。阴陷的凹坑里，窝着白雪。张眼瞭上去，满目荒茫。

沃尔沃时而熄火，放游人下车观览。于是，植被脆弱的大山上，便游人熙攘了。

身旁积雪皑皑，气温却不甚冷酷。我时龄七十有四，乃旅游团里年纪最大的老者，可我只贴体穿了衬衫和单裤，就能与厚装严裹的男女们一同玩山了。

老妻喜雪，逢雪大悦。当然她就爬上厚厚的雪坡，踩雪、扒雪、握雪球，极尽童趣。我则打开相机，不失时机地拍摄雪景，记录大自然的本貌。

　　由积雪融化的水，顺着山坡流淌，淌出涓涓的小溪。小溪相聚，百川归一，汇集成清凌凌的高山湖。溪侧，湖畔，生满各色苔花、藓草和蕨苗，另成异景。老妻心动，便薅掉几根肥嫩的藓梗，托在掌窝里默默欣赏，不无雅兴。我当即提醒她，别再违纪了。留下脚印，带走记忆，才是游山逛水的真谛。

　　我站在石坪上，拿出本能的认真度，久久扫瞄四方山色和雪光，看了一遍又一遍。据说，挪威峡湾山地概貌，与冰岛地表极其近似。没去过冰岛的我，还真有必要先把峡湾地区的山象水韵品味透了。

　　赖在雪岭，足足逗留了两个多钟头，大巴车才又带上我与老妻，慢悠悠地下了山。

注：雪深标杆，即挪威人插在山道两侧的木杆，用于冬季大雪封山时，为过往车辆指明路径走向和积雪厚度。

2017年9月于北京

挪威小苹果

挪威西部哈当厄尔峡湾，两岸坡势平缓，土质肥沃。岸畔，有一爿足球场大小的果园。果园里为主的果木，是苹果树。

在我看来，这爿苹果园，绝对是袖珍型号的小果园。

果园小，果园里的木物，也小。无论树，还是树上结出的果，都很小。树，只有锹把子粗，一人高。为防止倒伏，每棵树干都绑有一根深埋的木杆，做支撑物。枝杈上，挂满密集的小苹果。小苹果品种较杂，有绿，有红，有黄，个头甚微，酷似牛眼珠，大不过中国的酸李子。

见到如此小巧的苹果园，我啧啧称奇，心生感慨。缘于气候阴凉、潮湿，北欧不长果树。挪威人却敢为天下先，在峡湾山地上培育出色彩缤纷的小果园，亦算难能可贵了。钦佩，钦佩哟！

欣喜之下，我便乖乖倚住瘦小的树杈，与红通通的小苹果合了影。

就在与一嘟噜红苹果合影的过程中，我透过绿叶的空隙，瞟向了不远处的山间谷地。于是，一幅优美的田园风光图，霎时印到我的视网膜上了——红红白白的小房子，散落在逶迤的谷地上，安谧娴雅。小房子门前，草场茵绿，阡陌纵横，一派柔润舒展。更有零星的黄牛和花牛，在草场里游游荡荡，如意亮嗓，发出甜蜜的叫声。嚄！这可正经是一方田园牧歌式的美景啊，令我深深迷醉了。

少不得，我就眯住茵绿的山谷，贪婪地赏觑起来了。觑红房子白房子优雅的外形，觑黄牛花牛徜徉无羁的身影，觑纵横阡陌结成的几何线条，觑地角里包装鲜艳的草捆子，从容扫瞄，不漏光华，仿佛在阅读一首万般清新的乡土诗。我这副聚精会神、情痴意笃的样子，没准儿会把挪威传说中的山妖感动了。

默觑良久，我终于合上双眼，要歇歇瞳仁了。而其实，我更想让映透视网膜的灵动村景，在闭目后的眼帘黑屏上瞬间定格，变成永不消失的版画。

我要说：哈当厄尔峡湾谷地一景，是我平生见到的最地道、最艺术、最明丽的田园风光。

别离果园时，我品尝了园主用自产小苹果榨制的果浆。饮料口感不错，酸甜，爽滑，余味绵长。

2017 年 9 月于北京

赏鉴悉尼歌剧院

澳大利亚悉尼歌剧院，以其独特的雕塑式艺术造型，享誉全球。

有人说，悉尼歌剧院的外形，像贝壳。有人说，悉尼歌剧院的外形，像船帆。还有人说，悉尼歌剧院的外形，像一碟切成小瓣的橙子。其说不一，众说纷纭。

说法种种，意思统一：悉尼歌剧院，形象奇美。

最近，趁南半球春末夏初之际，我飞抵悉尼，从不同视角观赏了悉尼歌剧院。

登上港湾大桥，鸟瞰悉尼歌剧院，我笑眼生花。悉尼歌剧院的形状，真像一碟切开的橙子，秀色可餐。

跃入皇家植物园的观景台，平视悉尼歌剧院，我再次笑眼生花。悉尼歌剧院的形状，极像一簇闪亮的贝壳，竖立在渚头上。

乘游艇巡游海湾，环视悉尼歌剧院，我依旧笑眼生花。悉尼歌剧院的形状，还正像几桅排列有序的船帆，兜风劈浪。

站在贝尼朗岬对面的海岸上，迎头对视悉尼歌剧院，我的笑眼里真就出现了一朵大花。悉尼歌剧院的形状,绝对像被海浪遮掩半幅却暴绽盛开的出水芙蓉大白莲,芬芳弥漫。

于是乎,在原有三种状绘悉尼歌剧院的丽词之外,我又添上一句自己的拟语,将悉尼歌剧院赞喻为半朵洁白无瑕的大莲花。

悉尼歌剧院,灵秀奇美,气度非凡,广受全球演艺界推崇和向往。自然着,我要亲身走进悉尼歌剧院,零距离赏鉴一番这座艺术圣殿的内里风貌了。

然而,我初始的期望值,却在赏视过悉尼歌剧院的廊道与外堂之后,出现了些许落差。与奇美的外形相比,悉尼歌剧院的廊道及外堂,其架构表象和工艺水平,就显得粗糙了。钢筋混凝土骨架,灰模土样,泥色赤裸。与混凝土骨架相搭配的板条式装饰墙,也过于简单、过于涩陋,难以令人赏心悦目。

应该说,走进宽敞宏阔的音乐厅,我才真正看到悉尼歌剧院内殿的精华面目,感受到悉尼歌剧院独一无二的艺术风格。音乐厅内部装潢,以木板木条为主料,设计巧妙,格局不俗,空灵大气;虽然谈不上金碧辉煌,却也魅力袭人了。

不过,我还是觉得,悉尼歌剧院的内部建造,确有缺憾,不能尽如人意。就一座艺术殿堂的概貌而言,悉尼歌剧院除去奇美的外观,其他部位似乎都逊色于我们中国的国家大剧院。我第一次走进国家大剧院,观赏的作品是著名歌剧《卡门》。当我踱过灯火灿烂的通廊、扶着汉白玉栏杆悠悠游览一程、最后踏入歌剧演出大厅的时候,我完全被国家大剧院恢宏浩阔、精致典雅、富丽堂皇的气势惊呆了。我敢说，中国国家大剧院，已经绝对跻身于当今世界上最最顶级的戏剧圣殿之列啦。

由远而近，从外到内，我亲眼观赏过誉满全球的悉尼歌剧院，实实在在获得了独自的审美享受，也算今生无憾了。

2017 年 12 月于北京

水下浏览大堡礁

大堡礁，乃全球最大、最长的珊瑚礁群，绵延两千多公里，为澳大利亚东北沿海镶嵌了一串亮丽的明珠。海底宝珠大堡礁，弥足珍贵，于1981年被联合国教科文组织列为世界自然遗产。

在旅游业蓬勃发展的今天，誉满五洲的大堡礁，无疑成为了各国游客争相涉足的珍稀景点。

今年北京初冬，即澳大利亚春末夏初季节，我携老伴远游南半球，由凯恩斯乘船出海，专意欣赏大堡礁。

游轮航行两个小时，我们抵达了澳大利亚人在海面上搭建的水上浮台。这意味着，我不远万里，终于来到最精彩的旅游目的地了。而神奇美丽的大堡礁，就隐藏于我身边的水皮下面了。

在浮台上吃过海鲜自助餐，我便拉上老伴，兴致勃勃地登上观礁半潜艇，进入水下玻璃舱，稳稳地坐好了。我擦亮眼睛，调好相机镜头，在舱外游鱼陪伴下，静待起航。

俄而，半潜艇开动了，悠悠驶进一条洒满阳光的浅海沟。

于是，瑰丽多彩、婀娜多姿的大堡礁，零距离出现在我的视野里了。随潜艇游动，五颜六色、千姿百态的珊瑚群，一一在我的视网膜上显像了。看颜色：有红，有橙，有粉，有白，有绿，有黄，有紫，有蓝。看形状：有大，有小，有圆，有扁，有实坨，有玲珑，有长条，有薄片，无奇不有，千奇百怪，像尽了世间万物——像云朵，像鹿角，像猴脑，像荷叶，像葵花，像灵芝，像木耳，像蘑菇，像榴梿，像高粱穗，像核桃仁，像仙人球，像金丝菊，像西兰花，像灌木丛，像静止的水母，像开花大馒头，林林总总，美不胜收。毋庸置疑，妙象万千的大堡礁，就是辽阔无疆的水下大花园。

珊瑚礁群，食料充足，多鱼多虾，多龟多蟹。我坐在玻璃船舱里，看见密密麻麻、拥拥挤挤的鱼群，在礁花上方纵横穿梭，上下沉浮，往返游弋，尽享水族生物的乐趣。也有一些色彩斑斓的散鱼散虾，躲于珊瑚礁窝中，摇头摆尾，自娱自乐。不消说，美丽富饶的大堡礁，更是鱼鳖虾蟹生生繁衍的乐园。

虽是坐在玻璃舱里隔窗浏览大堡礁，虽非亲身潜下海底伸手摸过珊瑚花，但，对于不会游泳的我来说，能够实现如此大众化的审美享受，已经获得最大的心理满足了。

在有限的范围内，真真切切、仔仔细细观赏了大堡礁，地道算是大饱眼福喽！那满富灵性的珊瑚群，大片大片涌进我的脑海里，给我留下了鲜活的印记。

2017 年 12 月于北京

十二门徒，蔚为大观

由墨尔本驱车西行，沿维多利亚州西海岸走大洋之路，旅行团进入了坎贝尔港国家公园，见到了号称"世界八大奇迹之一"的十二门徒石。

伫身海头巅台，我张眼展望，心下顿生震撼。但见一条红褐色断崖，陡峭崛立，蜿蜒成岸。崖为绝壁，足有四五十米高，极端险峻。崖长遥遥，漫延五六公里余，险象无限。最奇者，是断崖前的滚滚海涛里，赫然矗起一溜巍峨高耸的塔状岩石，令我触目惊愕。任由风吹浪打，岩塔岿然不动，独作雄峰。全方位细细赏阅、品味，我视野里的巨幅画卷，委实不俗——断崖巉傲，狂浪澎湃，岩塔突兀。浩浩一派胜景，蔚为大观。

澳大利亚人集思广益，为这群奇特的海中石峰，取下一个圣灵的大名，叫"十二门徒石"，亦称"十二使徒岩"。名副其实，就算恰到好处了。十二尊峤姿高矗的岩塔，昂首挺立于明明澈澈翡翠般的净水中，地道似教廷里洗礼完毕不染凡尘的门徒，抑或像肩负大义出使彼岸的使徒，威仪大方，清正端庄，颇见风范。十二门徒石暨十二使徒岩，跃居澳大利亚最富魅力的景点之首，实在是当之无愧了。

再看景区周边的小环境，也妙。时值初夏，断崖上方的绿坪，花木繁茂，万紫千红。蜜蜂彩蝶，在花丛间翩翩飞舞，肆意饕餮大野的芬芳。

必然的，这块以奇石怪岩名扬海外的胜景地，便游人如织了。辽辽坪场里，旅友熙熙攘攘。曲曲栈道上，观光客络绎不绝。不同肤色、面孔各异的男女老少，齐齐汇聚在十二位门徒或十二个使徒身边，尽情饱览大自然御赐的海陆好风光。

作为一个文化人，我深深被眼前恢宏浩阔的海、天、岩、崖大景象迷住了。于是乎，我就拿出十二分的精力，全神贯注端详十二门徒方圆四厢的崖景、石景和水景了。我看长长的断崖，崖彩斑斓，一体壮丽。我看门徒岩塔，塔峰冲天，英姿雄悍。我看海浪，浪头拍岸，翻起一片白生生的水晶花，灵动翩跹。我看海鸥，鸥鸟飘飘盘旋在岩塔上空，仿佛一群快乐的小精灵，呱呱咏唱，祥韵隽永。更有几朵闲云，由蓝天上悠悠飘过，投下了淡淡的丽影，遂为神秘的岩崖奇观，蒙上了绝妙的柔纱。老实说，我的心，实在是被十二门徒石一隅瀚辽壮美的大风景，彻底融化了。

少不得，我一口气拍出大量资料片，将大洋路边不可多得的岩崖好景致，完全收藏了。

2017 年 12 月于北京

鸟岛黑沙滩，奇

在新西兰北岛西海岸，有一处奇美的风景，名鸟岛黑沙滩。

今年十一月末，于新西兰初夏季节，我登上北岛，走进了鸟岛黑沙滩。

顾名思义，鸟岛黑沙滩一景，由两位元素组成，其一为鸟岛，其二是黑沙滩。二者合而为一，总称鸟岛黑沙滩。

无论鸟岛，还是黑沙滩，都禀赋了一个字——奇。鸟岛奇，黑沙滩也奇。

当我乘车爬上鸟岛黑沙滩依傍的山岗，四处一瞭，一派壮美鲜活的大风景便尽收瞳窗了。漫山遍岭笑绽红花的圣诞树林下方，延有一片缓缓的斜坡，坡地上长满了青绿青绿的剑麻。剑麻田的尽头，即是险峻的悬崖，崖底铺出浩浩瀚瀚一望无际的大海。海涛汹涌，卷起白花花的巨浪。满目山林海陆，大放异彩。不能不说，这幅初入眼帘的山水画，就已经催我心旌摇曳了。

举步前行，走过剑麻夹挟的山地小道，我蓦然闯进一个狭长的半岛。踏入半岛终端的观景台，我眼前洞天别开，豁然奇观大展了。但见：观景台下三角形的石坪上，密密麻麻聚满了白茸茸的大鸟。观景台侧的石坎上，也密密麻麻聚满了白茸茸的大鸟。而三角形石坪尖嘴前的圆柱体独立石岛上，更是密密麻麻聚满了白茸茸的大鸟。粗计，这群大鸟足有上万只，族系繁庞，令人叫绝。

导游说，大鸟的名号，叫塘鹅，乃大洋洲的候鸟。塘鹅奉行一夫一妻制，终生厮守不散。临冬，塘鹅飞赴澳大利亚暖地，避寒。春来，鹅群全员迁返新西兰，生儿育女。

我盯住三角石坪上的大鸟，目不转睛，仔细端详。我看到，塘鹅的个头，比家鸭小，比鸽子大，确实类属大型飞禽。塘鹅的模样，大方帅气，优雅喜人——圆眼长喙，黄头黄颈，白身白翅，黑尾黑翅稍，肥肥胖胖，十分漂亮。那石坪表面，每一个微微隆起的小土包，都凹下一个圆圆的窝坑，这便是塘鹅的家。公鸟与母鸟，除觅食时段外，双双蹲卧家中，相爱相伴。有的窝坑里，储有粉褐色的蛋，表明塘鹅正在孵化后嗣。有的窝坑里，业已添丁，孵出了幼鸟。刚出壳的鸟娃，呈淡灰色，软绵绵趴在父母身下，悄然安睡。而略略长大一码的小鸟，就生出与父母相同的羽毛，变得白白净净了。小土包与小土包之间的间距，很小，约有二十几厘米。一片一片带有窝坑的小土包，密密匝匝，拥拥挤挤，无计其数，紧稠不堪；却密而不紊，稠而不乱，排列有序，诚可谓鸟巢景致中的奇观。该现象起码表明，塘鹅的小社会，秩序井然——领地共享，亲密相处，不生是非。如此清清楚楚摆在眼皮底下的鸟类文明，令我叹为观止。

我发现，塘鹅的性情，欢活，爱叫。夫吟妇随，咕咕嘎嘎，叽叽呱呱，如诗，如歌。一群天造的小生灵，浪漫无羁，尽情啼咏，伴随碧海的呼号，唱出恋歌的汪洋。目觑鸟岛，耳闻鸟歌，我这一颗不老的心，也有飞翔的意思了。

流连良久，我才勉勉强强抬起两脚，依依不舍地告别了鸟岛。

转而改道，拐投异境，我踩住层层下迭的山地阶梯，不无小心地走向了大海。当我踏至南太平洋水边，又一幕妙景奇观，也霍然间在我眼前跃现了。就见南大洋的水色，灵灵秀秀，蔚蓝蔚蓝。可由蔚蓝海水冲击出来的沙滩，却墨黑墨黑，一如地炭。最奇最玄奥的地质特点，还在于：一滩墨黑墨黑的沙粒上，竟然闪出了黄灿灿的金光。这种炭里藏金的黑海滩，正是第一次出现在我的脚下啊！静觑海水，海水蔚蓝如翠；审视沙滩，沙滩胜似黑金；一蓝一黑，翠墨交融。好一道举世罕见的水滩怪景，焉能不叫人啧啧称奇呢？

黑沙滩闻名遐迩，吸引了五洲访客。我面前的滩地上，布满了形形色色的游人。有若干白人男女，只挂着最基本的遮羞布，专心致志地躺在沙窝里，浴海风，晒太阳。偌大一隅黑沙滩，大人笑，小孩跑，好生热闹。

我脱下鞋袜，光着脚丫，也在黑沙滩上走了走，体验沙性。细腻绵柔的黑沙，擦过我的脚面，锐感暖意融融。少不了，我还到清澈的浅水里蹚了蹚，小寻快活。水更柔，却挺凉，叫我神清气爽。

新西兰的鸟岛，新西兰的黑沙滩，绝对是一处奇妙的好风光。

2017 年 12 月于北京

新西兰的地热喷泉

新西兰北岛东部,多火山和温泉,地热资源十分丰富。

今年大洋洲初夏,我由奥克兰出发,一路南行,穿越绿意融融的丘陵和草原,到达了普伦蒂湾区的罗托鲁阿市界。游览过爱歌顿牧场,吃过罗托鲁阿湖边山顶饭店里带血丝的牛排,看过彩虹泉公园养育的奇异鸟,我徐步走进了蒂华卡雷瓦雷瓦毛利人文化村。进村的主要目的,是观赏罗托鲁阿地区最佳的地标级景点——波胡图地热喷泉。

迈入古色古香的木雕大门,遛出百八十米远,我便透过棕榈杪椤林的空隙,望见一团氤氲的浓雾。想必那袅袅雾岚,即是地热喷泉散发出来的热气了。

踏着麦农卡小树夹挟的木栈道,续走一程,我欣然看到了地热泥浆池。一种罕见的火山地质现象,叫我惊讶。就见圆溜溜一池黏黏糊糊的黑泥浆,咕嘟咕嘟不间断地冒出大片热气泡,酷似我老家巧妇手下一锅即将熬好的小糙子粥。奇景触目,深镌脑膜。

再往前走,走到栈道拐角,一处更为惊魂的景物,豁然跃现在我的眼前了。但见一方宽阔硕大而又微微隆起的青灰色岩坨上，水迹斑斓，石彩迷离，热气腾腾，白雾缭绕。这一瑰丽的地质遗存，就是新西兰最大最著名的地热喷泉——波胡图间歇喷泉了。"波胡图"，系毛利语，意为地泉爆炸、水花大溅；可见该喷泉的爆发力，是何等猛烈了。

我初见波胡图的时候，岩坨顶部中心的主泉，正处于停歇期，悄无动作。只有岩坨前坎下的副泉，在断续低鸣，轻度喷泻。尽管是副泉喷泻，而且是轻度喷泻，可那喷出的水花和雾气，就足以引人入胜了。

利用主泉尚未井喷的间隙，同我相偕出游的老伴，便坐到一条石埂上，趁机小憩。只逾一瞬，老伴即嘻笑着冲我喊："快来坐呀，这石头好热乎噢。"我应声走去，也尝试着在她身边的石埂上落座了。然而，我屁股下的石温，却火烫火烫，烫得我一高跳起来，乖乖躲开了。

俄而，就听地导嚷："据我观察，主泉很快就要喷发啦！请诸位贵宾，统统做好准备啦，集中精力观赏热泉狂喷啊！"于是我急忙选出一个无遮无挡的好位置，稳稳站定，目不转睛地凝视着石坨子上方的喷口。

突然，伴随"噗呼"一声巨响，石坨子顶部的地热主泉，终于开始喷发啦。就有一杆水柱，挂着水花，带着白雾，轰然从石孔里喷射出来了。水柱一蹿冲天，美若玉树，足有三十来米高。浓重的白雾，翻翻旋旋，弥弥漫漫，封裹了偌大的石坨，迷蒙了四周的绿林。被山风吹散的水星，藏住火山泉的热度,柔柔洒洒淋湿了我的脸。啊!张眼展望,一派稀世奇观,令我深受震撼,赞叹不已。美,奇美,壮美,大美!我不禁又一次感悟到,唯有大自然,才真正是创造天下美景的艺术大师。

崇拜大自然的我,尽管搜索枯肠,也无法找到比"波胡图"更为恰当的文辞,来状绘眼前的地热喷泉。只得举起照相机,一遍又一遍将热泉井喷的盛况,拍记下来了。不消说,这叠照片,将是我永世珍藏的彩画。

大约二十分钟后,热泉井喷的段落性奇景,才慢慢消逝了。我身边开满红蕊小白花的麦农卡树冠上,又挂满一层崭新的水珠。

当晚,我兴奋难眠。新西兰地热喷泉的影子,一直恋在我心里,缥缈闪幻……

2017 年 12 月于北京

我眼中的大洋洲植被特色

大洋洲，主要坐落着两个年轻的国家，一是澳大利亚，二是新西兰。

澳大利亚国土辽阔，多旱少雨，气候干燥。其淡水资源，极度匮乏。据说，澳大利亚大多数地区的饮用水，基本来自海水淡化。如此气候条件和水源状况，显然不利于植物生长。

而新西兰，气候温润，土质肥沃，无疑是植物的天堂。

今年11月19日，我乘国航班机，飞抵澳大利亚第一大城市悉尼。因对植物情有独钟，自落地悉尼起，我便开始拿出足够的注意力，去观察所见到的植物群落。

我发现，悉尼植被繁茂，远远优于我的想象。时值春末夏初，正是悉尼一年中的好季节，万物更新，大野芳菲。仔细瞅瞅，悉尼境内植物品种丰富多样，到处长满了棕榈、桉树、榕树、枫树、松树、南洋松树、广玉兰树，还长满了各类花卉各种绿草。一种羽叶桉树和另一种阔叶桉树，正满枝满冠开出粉紫色的小花，煞是爽丽。我以此认定，悉尼地面的植被，禀赋了亚热带植物的属性。

由悉尼飞往东北小城凯恩斯的航路上，我坐在机舱窗边，着意观望地面上植被状况的变化。乍一飞离悉尼，我见高空下面逶迤起伏的山峦丘陵，多有森林，绿荫漫漫。等飞机飞出一小时，地面就变得荒芜、枯黄、光秃秃的了；个别地域，还漫延出褐红褐红的土色。想必，那片枯黄与褐红，便是沙漠及红土荒原寸草不生的表象。飞机再往前飞，接近凯恩斯了，地面就焕然一新了。绿油油的青山，金飘带也似的海滩，豁然出现在我的视野里了。

我在凯恩斯小机场走下飞机舷梯，一股溽热的气浪，扑面而来。凯恩斯地处热带，终年雨量充沛，我所熟悉的热带植物，大都在这里集中展现出来了。海头浅滩，生出稠密的红树林。浪前岸边，长满了椰子树、棕榈树、旅人蕉。城街两旁，植有体形优美的铁树、榕树、橡皮树、芒果树。城后山坡上，遍布茂盛的热带雨林。火红的凤凰花，粉红的三角梅，在绿荫中热烈绽放。一派典型的热带植被景象，令我眉开眼笑，心旷神怡。

由热带凯恩斯向南飞，飞至濒临热带地缘的布里斯班，我依旧看到了蓊郁葳蕤的植被状态。一条蜿蜒的布里斯班河，碧波荡漾，穿城而过。大河两岸，长满了美木丽花。特别在南岸公园和袋鼠角里，名木名花层出不穷；有开红花的树，有开黄花的树，有开紫花的树，五彩缤纷，地景不俗。不消说，一种近似热带植物概貌的植被特色，覆盖了布里斯班城。

继而乘车前往黄金海岸的路途上，我眼前一直闪幻着近似热带植物品貌的植被色彩，绿地迤延，绵连不尽。高速公路两侧，桉树夹道，棕榈密布，百花盛开。等到达黄金海岸地界，进一步观望考察，我视野里那种近似热带植物品貌的植被特色，展露得尤为显著、充分。各色棕榈，各色耐热花木，榕树、南洋松、桫椤、芭蕉、夹竹桃、扶桑花、鸡蛋花，充盈城乡，随处可见。还有波丽台国家公园里的雨林，更把近似热带的植被特色一展无余了。

游览澳大利亚，我最后参观的国际化大城市，是墨尔本。墨尔本乃花园之都，号称被联合国确认的宜居城市。经过亲眼赏阅，我深感墨尔本大气优美，魅力诱人，名不虚传。其城内城外，绿荫广布，繁花似锦，一如彩画。堪为典型的亚热带植被特色，在墨尔本全域得到了完美的表现。

我认为：澳大利亚北部区域的植被，与我国粤南、桂南、海南及滇南西双版纳一带相当，类属于热带植被形态。而澳大利亚南部区域的植物群落，则与我国长江以南江浙闽赣两湖川渝一带的植物群落大同小异，完全具备了亚热带植被的特色。

由墨尔本搭乘阿联酋航空公司空客380上下双层舱位班机，飞抵新西兰，我有幸悠悠飞入了又一个繁荣的植物王国。在奥克兰刚下飞机，就有一簇枝繁叶茂、开满红花的圣诞树，豁然闪进我的瞳窗了。顿时，我对新西兰的植被景色，产生了浓厚的兴趣。

从国际机场走出来，我认真观赏了奥克兰的市容。我发现，奥克兰大街小巷，全被亚热带植物掩映了。铁树、桉树、棕榈、南洋松、广玉兰，星罗棋布。芭蕉、旅人蕉、兰花、鸡蛋花，缀满房前屋后。妩媚的亚热带城市风貌，大放异彩。

翌日，我离开奥克兰，去乡野观光。一路南行，我发现新西兰北岛的植被，基本属于温润性亚热带植被形态。得天独厚的地热资源，为植物生存与繁衍，提供了地温保障和辅助性的气温保障。南洋松、棕榈、芭蕉、旅人蕉、桫椤、剑麻，长满山麓，生满水岸，遍布原野。一些我叫不上名目的香花奇草，长势喜人。巡访爱歌顿牧场时，我还欣然看到了翠绿的毛竹林。尤其在波胡图地热喷泉周边和罗托鲁阿湖畔，耐热的麦农卡树和许多红花暴绽的景观植株，争相献媚，异彩纷呈。新西兰北岛，不啻亚热带植物的乐园。

植被，乃大地的脸面，风光的主彩。每到一地，我必看植被，必赏花木。游罢大洋洲，我当然要将自己对大洋洲植被的印象，说出幺二三。总而言之，我眼中的大洋洲植被特色，既有热带性素，也有亚热带性素，结构优良。城街绿化树，山野大森林，莽原百草花，容韵鲜艳，美不胜收。

2017 年 12 月于北京

日本之小

今年春五月,我携老伴旅游日本。由首都国际机场,搭乘阿联酋航空公司的班机,掠过渤海、黄海和韩国上空,一路飞往东洋。于一细雨霏微的时刻,大飞机在名古屋中部国际机场着陆了。

名古屋中部机场,是一个填海造陆造成的地块,四周全是水。一时间视觉荒凉,无景可看,我们便急急离开造陆小岛,开始向本州各处实地深入了。

整整一周时光里,老两口先后游走了名古屋、大阪、京都、奈良、山梨、箱根、东京和静冈,大量观览了山、水、村、镇和都市,初步认知了日本人的生活习性及日本国的江山特色。坦言本次旅日过程中我对自己所见到的方方面面的观感,确有一个鲜明的印记,那就是:小。

一、小山小水

岛国日本,丘陵占据国土面积百分之七十六,地形破碎。

我一路行进，处处见山。山无大山，全是疙疙瘩瘩、零零碎碎的小山。山上植被良好，却草木杂乱，难见大树。山地多有毛竹，可竹影干瘦，枝叶泛黄，足见土质之瘠薄了。以日本干瘦黄弱的竹丛，与我国长江流域雄壮茂密、光色翠绿、生机盎然的大竹海相比对，简直就是小巫见大巫了。

纵观本州岛，我所见到的川流，也小，泛泛小水，概无大河。湍急的短溪窄流，迭腾于山壑间，无法形成浩瀚的江河风光。

二、小村小镇

版图小，丘陵多，日本所有的山间平陆，都得到了充分利用。一块块难得的平地，几乎不见庄稼垄，都被日本人见缝插针地建成了小村小镇子。囿于地皮金贵，众多小村小镇都是袖珍型的。有的村落，只有几户人家，隐蔽在孤寂的山坳里。

透过车窗，朝高速公路两侧巡望，山间小村或小镇随处可见，正经是花花点点、星罗棋布了。

三、小巷子小房子

基于平地少的先决条件，日本人惯于节省用地，特别注重土地的使用效率。街巷，多为少占地的小街小巷。房舍，也多为少占地的小房子。一座座小房子，因地制宜，视地形地势而建，致使民居群落的格局，稍显零乱无章了。

在大阪，我带着老伴外出找吃的，步入了一条饭庄街。小街弯弯，窄而又窄，绝对是仅能通行一辆小车的小巷子。天空落下小雨，巷道泥泞不堪，令我举步艰难。再瞧瞧巷边的餐馆，小而又小，与临街民居毫无二致。窗口微藐，屋檐苍陋，你压根不敢相信那扇不起眼的小门里，有你正想坐一坐的小饭桌。

游日本，我们下榻的住处，均是四星级酒店。堂堂四星级酒店的房间，竟然小到极致了。屋子里，除却一张双人床或两张窄小的单人床，余下的空地，只能容下单人两条行走的大腿了。稍大一点的行李箱，无处摆放。因而，店家置牌提示：可将行李推到床板下，节省占地面积。至于卫生间，那就更加小得可怜了。

日本商场里的手扶电梯，也窄，其宽度大约相当于中国扶梯的一半多一点，只能容下一个人站在钢阶上，升升降降。我初次使用如此狭窄的扶梯，还真有点不适应了。

四、小家什小器具

日本的家什和器具，都很小。酒店里使用的自助餐取食盘，只是一个约有杂志封面大小的塑料小碟子，与中国超市里出售的儿童餐盘相仿佛。小碟子里，凹下几个装饭装菜的槽坑，就算为客人提供出一整套餐具了。用惯了中国和欧美自助餐大圆盘的游客们，端起日本凹满槽坑的小方碟，就难免感到局促了。

日本酒店里的洗脸盆，也奇小无比。说得客观些，其大小，就和我国快餐店通用的塑料托盘差不多。洗一把脸，需要十分当心，否则就水花外溅了。

五、小园林小风景

日本的景点，都不大。金阁寺，浅草寺，皇居，都不大。大阪城、名古屋城等等一些城堡公园，还算宽绰一些，可核心景物只有一个天守阁，也未免显得单调了。在日本，找不到如我国故宫、岱庙、南岳大庙、北京颐和园、太湖鼋头渚、杭州西湖和南京玄武湖这种大气磅礴、瑰丽优美的大景区，更看不到像我国长江三峡、黄河壶口、桂林漓江和泰山、黄山、峨眉山、张家界之类天造地设、名冠寰宇的大江山。到日本看景，所能见到的，大都是一些小园林小风景噢。

六、另外说说

日本尽管多山，较大的平原还是有一些的。少不得，视平地为金床的日本人，宁愿舍弃农耕买粮吃，也要在较大的平野上盖起更多的房子。于是，房子连房子，就连绵成一个个城市乃至大都市了。

在东京新宿，我登上了都厅四十五层高的展望室，俯瞰脚下的东京城。喔，东京的地盘，委实很大，城景辽阔。不过，就我的观感而言，东京的市容，的确没有巴黎、纽约、伦敦漂亮哟！

比较大观的景象，东瀛鲜见，却也有。大阪湾，东京湾，滨名湖，都给了我一种辽远的感觉。特别是富士山，就更叫一体壮丽、美貌独具了。

大巴车由西向东匀速行驶的路途上，我就远远望见了峰冠洁白的富士山。抵至山麓，站在开阔的芝樱公园里，凝望对面的富士山景，我不禁神情大振了。山头白白的，山野绿绿的，我脚下的花圃五彩缤纷的，三者组合到一起，正是一幅极佳的奇彩大画卷，美极了。

乘坐巴士登上五合目，我也正经到达了富士山的雪线。立身于海拔2305米的五合目坪场，往下看，是一片翻腾滚荡的云海；往上看，就是富士山白白生生的独峰了。形象一点说，盖满白雪的圆锥体富士山，干脆就是一个霜花绒绒的冰冻大馒头，实实在在地摆在我的眼前了。

2018年8月于北京

日记摩洛哥

6月18日

清晨四点半，儿子开车，送我和老伴去首都国际机场。

上午十点，北京旅游团搭乘的德国汉莎航空公司的班机，准时起飞啰。

一路上，我坐在舷窗边，仔细观察地面景物的变化。蒙古国境内，大地黄茫一片，景致虚无。进入俄罗斯，视野里出绿了，慢慢慢慢我又见到了若干雪山。整整飞行了九个半小时，班机在法兰克福国际机场降落了。

转机中间耗去的时间，是漫长的。携老伴在候机大厅里转过几圈之后，我买来一杯当地出产的鲜啤酒，滋滋品尝。然而，不会喝酒的我，只饮下三分之一，就将剩余大半杯啤酒丢掉了。

日落地平线、天边留有一抹红霞的时刻，我们转乘的飞机，才迟迟起飞啦。

飞机升空不久，红霞渐渐消失，天色全黑了。随之，地面上出现了万家灯火。灯火时疏时密，连绵不绝。约过一个钟头，机身下蹦出了海边灯光，光点密集，辉煌灿烂。灿烂的海边灯，映亮了万顷浪花，端的美丽。

当地时钟度至后半夜两点多，班机终于飞抵非洲摩洛哥，在卡萨布兰卡国际机场降落了。

小机场，实在小，却很新，比破破烂烂的法兰克福机场好多喽。

卡萨布兰卡，是西班牙人为该地取下的名字。卡萨，西语"房子"；布兰卡，西语"白色"。合而曰：白色的房子。

进入酒店，已至凌晨三点，我当然要急急睡下了。

还原成北京时间计：一大早四点半离家，整整颠簸了二十几个钟头，次日上午才抵达了目的地。咳，苦哟。

6月19日

卡萨布兰卡，是摩洛哥第一大城市。在这里，曾拍过一部著名的电影故事片，叫《北非谍影》。所以，该地知名度蛮高的。

睡了四个小时，摩洛哥时间上午七点，我起床了。少不得，我就透过窗口，俯望楼下的街心小广场。广场上，人影稀疏，只有少许穿着民族长袍的男女，逍遥走动。偶尔的，可见数节车厢连成一列的有轨电车，开进小广场中央的站点，停下了。正赶在足球世界杯期间,一节节电车车皮上,印满了摩洛哥参赛队队员们的彩照,群像生动。

十点始,摩洛哥导游带领大家观赏市容。看过了几个广场,走过了几条街巷,说真的,这座摩洛哥王国的经济首都,建筑老旧,花木贫乏,市容市貌确实一般化了。

中午,我们在当地首屈一指的容克咖啡屋里,吃了牛排。撂下刀叉,不待小憩,导游连相组织大家游览新开辟的风景点——迈阿密海滨大道。

——紧濒大西洋,修筑了一条柏油马路。马路临海一侧,盖满了餐饮设施和游乐场。由是,这条稍显"繁华"的滨海新道,就号称"迈阿密"了。平心而论,如此开发海岸,似有不妥;长此以往,难免要给当地的近海生态,造成严重的污染。

下午,我们乘车北行。公路两旁的土地,基本是平原。平原里多草,偶见少量农田。农户们守时出工,挥汗收割成熟的麦子。平原里也有稀稀疏疏的树,只是没有大树。还可以看见一片一片高大的仙人掌,以及一簇一簇红艳艳的夹竹桃花,点缀在草木间。我依稀觉得,卡萨布兰卡以北这片土地,多少带了点稀树草原的意味。

傍晚,全团到达古城菲斯。菲斯给我的印象,挺好,建筑整齐,绿化也行了,像个城市样子了。

6月20日

今日，游览菲斯古城。古城闻名遐迩，已列入世界文化遗产名录。

首先，我们登上一座高地城堡，居高临下观赏菲斯古城的全貌。苍老的城郭，建在山前坡地和坡地下面的平野上，地势逶迤，地盘辽阔。我端端放眼，视野里全是土黄土黄的楼阁及平房，特色显朗。

从高地上走下来，大家由当地向导引领着，步入了古城的老街。老街很长，岔道纷乱，堪称迷宫。老街很窄，极窄处只能走开两个人，却在如此狭窄的小巷里，竟有人骑上毛驴子，来往搞运输。老街两侧，民居、商铺、学校与手工作坊，和睦为邻。古今器具，衣帽布匹，瓜果零食，琳琅满街。老街上的房屋，净是土木建筑，墙皮年久风化，摸一把掉渣。有的土楼，已成险房，居民特于窄巷上方横向架起木杠子，将相邻的楼体顶住。走在这样的巷子里，既感到眼花缭乱，又觉得忐忑不安。

老街里的核心景点，是被摩方导游以"臭名远扬"戏称的大染缸。其实这个大染缸，就是一家传统工艺的皮革制作场。我们来到门口，从雇员手里接过一枝薄荷，然后就用薄荷叶掩住鼻孔，硬着头皮走进了皮作坊。瞅瞅展厅，货架上挂足了皮具样品，花样翻新，却异味袭人。再觑觑制皮场，可见偌大的露天场院里，摆满了沤制畜皮的水泥缸。红浆缸、绿浆缸、蓝浆缸、黄浆缸、黑浆缸、白浆缸、紫浆缸、粉浆缸、灰浆缸，林林总总，一应俱全。虽说场面上七彩绚丽，艳若花海，但作坊里腥膻弥漫，臭气熏天。偶遇这种在中国早已绝迹的原始制皮场所，我自然要明明白白看个透了。可老伴只朝那些彩缸溜过几眼，便夺路而逃了。

在距离大染缸不太远的高档餐馆里，我们吃了一顿摩洛哥久负盛名的大菜——库斯库斯。即：一个较大的陶锅里，置以鸡、土豆、黄瓜、彩椒、胡萝卜、卷心菜和小米（与中国小米相似的谷物），再加入盐巴、香料、黄色素和水，放在火上蒸。蒸熟了，火候把握到位了，大名鼎鼎的库斯库斯，便做成了。我吃了一口鸡肉，咽下几枚烂菜，又嚼了嚼鲜黄鲜黄的小米饭，满嘴"库斯"味；应该说，这味道还不错。

下午，全团离开菲斯古城，继续北游。沿途，我聚精会神，时时关注摩洛哥的山川地貌。我看到，农田渐渐多起来了。农民们在自家田边，种上了高大的仙人掌和龙舌兰，用作护田的篱笆。田里的小麦和燕麦，都黄了。部分农夫，初步拥有了机械化，驾驶农机轻轻松松收割自己的麦子。

摩洛哥北部，大山多了。山上的树，虽说星星点点，却也多起来了。缓漫的坡地上，出现了漫无边际黄艳艳的野花。桉树、柳树、无花果树，随处可见。不时有一两个、两三个行人，骑着或大或小的毛驴子，在遥无尽头的穿山国道上颠颠达达，匆匆赶路。这种沉匿在久远记忆里的生活小景，如今屡屡再现，实在令我恍若隔世了。

五点钟，大巴车驶临了著名的蓝色小镇舍夫沙万。在一处视野开阔的平台上，我下了车，欣然展望坐落于对面山坡上的小镇子。一怔，一惊，一喜，我不啻如见到了外星球的人烟。啊！小镇里的楼宇、房舍、塔影，万千一色，一统蔚蓝；蓝得完全，蓝得透彻，蓝得深邃，催人咋舌。

少不得，我们徒步走进镇街，开始游逛舍夫沙万了。窄巷胡同，串联成网，四通八达。我脚踏巷道，步步游走，步步见蓝。楼墙蓝，房墙蓝，门洞蓝，窗框蓝，石径蓝，台阶蓝，满目蓝光，意境清冷。细细观察，我发现这种蓝色纯属人为颜色，是小镇人用蓝色油漆或涂料刻意刷出来的。不知何年何月起，他们给全镇建筑物外表涂上了厚厚的蓝彩，舍夫沙万便摇身一变，演化成旅游名城"蓝色小镇"了。

傍晚，我使出少许迪拉姆，买了一个黄皮大瓜和几个橙子。回到房间，老两口尽情享用了摩洛哥的水果。噢，或许缘于气候干旱的原因，摩洛哥的水果特别好吃。瓜，多汁，甘甜，芳香。橙子，肉粒细嫩，果液充足，干脆就是一包甜蜜的浆水。就我的口感而言，那瓜，不亚于新疆瓜；橙子，也似乎要比赣南脐橙好吃一些了。

6月21日

清晨起来，我和老伴逛了小镇里的果蔬早市。周边的农民，尽将自家出产的瓜果蔬菜运抵蓝色小镇，设摊叫卖。我发现，摩洛哥的芫荽，菜味异常凶猛。我们距离菜堆足有两米远，就闻到摩洛哥香菜所散发出来的浓烈香气了。我还发现，摩洛哥的无花果，个头巨硕，足有鹅蛋大。我买下两个，掰开来，轻轻啃食一口，觉得味道不佳，便一股脑塞给老伴，让她受用吧。

午饭后，北京团再次登程，赶赴北部边境城市丹吉尔。

离开舍夫沙万，公路两侧出现了大山，山势雄伟，山色灰茫。山腰上，生有少量绿色植被。山麓和山脚下起伏不平的坡子地，分布着零零散散的杂树、零零散散的房屋和零零散散的橄榄园。除了杂树、房屋、油橄榄，地表上还生有大面积艳红艳红的夹竹桃花，长出大面积苍绿苍绿的芦苇棵子。尤其令我兴奋的是，我期盼良久，到底在干旱的摩洛哥国土上看到了小河。小河边缘的洼地里，夹竹桃花更为密集更为妖娆，芦苇棵子更为粗壮更为繁茂了。

接近海边的时候，我看到了山林，山林里长满了松树。一座更为高大的山顶上，竖起一片迎风飞转的风力发电机。

下午三点，大巴车驶达了摩洛哥的夏都丹吉尔。丹吉尔干净、整洁、漂亮，是一座招人喜爱的海滨小城。众多欧洲人，愿在休闲的日子里，到丹吉尔度假。

冒着强烈紫外线的辐射，我们观赏了著名景点大力神洞。相传，这个临海石洞，是一位大力神开凿的。另有玄噬，说其靠海一侧小洞口的形状，就是一幅完整的非洲地图。我认真端详了小洞口，觉得其形其状与非洲地图相去甚远，无疑那相关评语纯属牵强附会了。我率先钻出所谓的神穴，伫身于高高的海崖上，尽览波涛汹涌的大西洋。嘿！不含任何人为斧凿痕迹的自然景观，才真正配叫大美无限唷。

两小时后，北京团入住海边一家五星级大酒店。吃过大酒店里简单、低质、连饮品都不提供的自助晚餐，我即带着老伴，散散漫漫走上了海滩。

海滩很宽，海沙很细，海水很浅。来自世界各地的游客，成群结队徜徉在沙滩上，扑腾在海水里，各行其乐，纵情欢娱，全都得意忘形啰。

我两脚插在浅水里，举目瞭望湛蓝的大海，顿时生出兴奋的慨叹。哦，眼前的海面，正是扬名全球的直布罗陀海峡。掠过暮色里的海浪，我清清晰晰看见的山岭，就是海峡对岸的西班牙国土。历经跋涉，我终于来到遥远的非洲北端了！

6月22日

早起，我与老伴去餐厅吃了早饭，便再次走进了酒店门外的海滩。有一群旱鸭子，赶早在浅海里练游泳，就像一条条欢活而笨拙的大鱼，愣把海水搅浑了。

我再次盯住面前的直布罗陀海峡，一赏再赏，赏了又赏；看澎湃的浪花，看浪花上方的鸥鸟，看鸥鸟后面的大船，情若晨风，心神飞翔。今天，我就将跨过海峡，离开非洲了。一次愉悦的北非之旅，就此画上了圆满的句号。

慢慢地,我发现海湾东岗的上空,泛红了;继而橘红、火红、猩红了。突然,岗顶那儿生生冒出一道红弧,接着就见一轮喷薄的红日,猛一家伙从矮岗后面跳出来了。

嗨嗨,太阳万岁!

2018年6月于摩洛哥

横渡直布罗陀海峡

早在读初中的时候，我就从地理课本里，看到了一个饶有趣味的地名——直布罗陀海峡。

现在，即2018年6月22日，我就站在直布罗陀海峡南岸，站在摩洛哥一侧的码头上，准备跨越这道闻名全球的海峡了。

资料载，直布罗陀海峡最窄处，直线距离只有十四公里。就是这条极其狭窄的海沟，将一片大陆断然割开，分成了欧洲和非洲。

取位高处，我端起相机，将镜头对向东方，对准地中海方向，轻轻一按快门，就把摩洛哥沿海山地和西班牙沿海山地，同时收拍成像了。同一个镜头，竟会把欧洲非洲两块大陆的边缘地带全部包含了，足见窄窄的直布罗陀海峡，也确实窄得出奇了。

过了边防闸口，检过船票，我们便披着明媚的阳光，登上了海峡渡轮。待乘客们在船头大厅里的沙发椅上坐好了，渡轮呜呜呜出几声响笛，即晃晃悠悠地离开了泊位。

进入渡轮开航后的关键时间里，我自然不想赖在沙发椅上闭目养神，干脆拉起也爱看世界的老伴，攀上高高的顶层甲板，四面观光。

扶住不锈钢栏杆，我向左后方巡视，看到了渐渐后移的丹吉尔港。浩瀚的大西洋，顷刻间被抛向蓝色的远方了。踱到甲板另一侧，我手搭凉篷朝右前方瞭望，就更为容易地看到海峡的全景了。海浪上空，有成群结队的军舰鸟，呱呱翱翔。油船，集装箱船，各色货轮，随着军舰鸟的歌声，在海峡里犁出汹涌的涟漪。掠过涟漪一直向东望过去，那片水天一色的地方，就是地中海的洋面了。欣然辨识着视野里的浪涌与景物，我心中获得了极大的审美享乐。

很快，渡轮航行到海峡的中心线了。我心里一阵激动，便再次举起相机，将北非沿海的山和西班牙沿海的山，以及海峡东头的地中海，再次统统收进一个镜头里了。这幅天造地设的画面，博大极了，辽阔极了。我的心境，也随着巨幅海峡画面的呈现，而豁然无疆了。

用时五十分钟，渡轮悠悠驶进了西班牙的阿尔赫西拉斯湾，抵达了阿尔赫西拉斯港。

登上西班牙的码头，回头一望，我又朦朦胧胧瞄见了摩洛哥的山。只不过，那道灰蓝色的山影，已被大海隔在另一边了。这意味着，我终于渡过了直布罗陀海峡。这也同时意味着，曾经在中学课本里出现过的、令我感到神秘莫测的地理名词，现今，终于在我面前化作活生生的实景了。历经五十余载，我才将中学课本里列出的直布罗陀海峡知识结点，基本上搞明白了。书山有路勤为径，学海无涯苦作舟。人哪，要想较好完成平生的学业，也只有终身努力啦。

                                      2018年9月于北京

西班牙南部山地

西班牙南部山地，地景灰苍。

在我的印象中，西班牙南部山地与摩洛哥北部山地的地景，几乎是一模一样的。摩洛哥北部山地，土石秃露，植被稀疏，绿树星星点点。西班牙南部山地，同样土石秃露，植被稀疏，绿树星星点点。摩洛哥北部山地，长满了芦苇、仙人掌和夹竹桃花。西班牙南部山地，也同样长满了芦苇、仙人掌和夹竹桃花。所以我尽管不是地理学家，却也想说，西班牙与摩洛哥的原始地质板块笃定是连在一起的，只是由于直布罗陀海峡的出现，才将一个板块分割成两部分江山了。

但是，并不好看的西班牙南部山地，却被西班牙人以优秀的文化成果美化了。山地间，建起一个个精美、优雅的村落和小镇子。红瓦白墙或红瓦黄墙的小楼，五彩缤纷的花木，再配上蓝莹莹的游泳池，便组成了一处处清新的家居。家家如此，村村如此，镇镇如此；于是这些小村小镇，就像一首首立体的田园诗，散布在荒山秃岭上面了。谁人见了这样的山地景观，能不叹其文秀和壮丽呢？

尤其是地中海岸边的米合斯小镇，就更美得无与伦比了。建筑典雅，街巷清洁，花木丛生。居民的文明素养，整体高贵，令人钦佩。走在如此清宁漂亮的镇街上，我自然觉得安逸爽快了。

最后，我不得不说：西班牙南部山地，自然景观本不美；但，由于美好人文素养的融入与滋润，西班牙南部山地还是美。

2018年9月于北京

难忘,那段妙不可言的路景

在西班牙,有一条非常非常漂亮的高速公路,即由南部城市格拉纳达一直向西通往弗拉门戈舞盛行地区塞维利亚的风景大道。我到过欧美亚非及大洋洲三十多个国家,走过数不清的陆路交通线,其中西班牙南方这条高速公路的路景,是最美的。以"妙不可言"谓之,毫不为过。

论其美,首先此路美在路面本身——平坦光洁,形影秀逸;那路质品位之高,一目了然。而路景核心之美、精髓之美,则明朗朗表现在双向行车道中间的隔离带上了。这条隔离带,出类拔萃,惊世骇俗,竟是一溜儿用瑰丽花木栽植而成的红花长链子。就见约三米高两米阔开满红花的夹竹桃壮棵子,一墩连一墩根植于夹在双向柏油路中央的花坛里,赫然连结出一条以大团大团红彤彤水灵灵的夹竹桃花为流体的一眼望不到头、再瞄一眼也望不到头、车跑两刻钟后再再瞄上一眼还是望不到头的长河状大游龙;游龙鳞彩艳丽,煞为醒目、壮观。特别是审美水准不浅的西班牙养路人,又在红花长链里零星插入粉色花和白色花,遂使这条由夹竹桃花结成的长龙愈发显得灵动欢活，更加妩媚好看了。我坐在大巴车里，贪婪地浏览着无限蔓延的鲜花隔离带，端的是心旷神怡了。

另观花路两侧的景致，也美。长野广袤，气象万汇。有连绵逶迤的丘岭，丘岭底麓上整整齐齐栽满了油橄榄。灰绿灰绿的油橄榄树，横也成行，竖也成行，独成风光林。有连绵起伏的坡地，坡地上布满了葡萄园。葡萄园里生机盎然，绿意融融，依稀飘出了葡萄酒的芬芳。有连绵延展的平原，平原上种满了向日葵。一片片金色的葵花，迎日绽放，闪烁出悦目的辉煌与灿烂。随着车轮子飕飕飞驰，橄榄林、葡萄园和葵花田便翩翩朝车厢后面挪移、游走、廻旋，旋出一幅又一幅五彩斑斓的大动画。八方匆匆过客，饱享眼福痴情欣赏这一路上迭出无穷的美景，岂有不兴奋未陶醉的道理呢？

妙不可言的路景，拓印在心，我至今念念不忘。

2020年6月于北京

小城龙达

龙达，乃西班牙南部一座小城。小城虽小，却依其殊异的地理风貌和独特的文化渊源，在世界上出了大名。

由地理风貌上看，小城龙达坐落于一处高耸的岩盘，横空出世，峤立云端。一条小溪与深壑，酷似一把巨大的神斧，愣将岩盘高地上的龙达一斧劈开，分成了新城和旧城。小溪细流如线，而石崖壑谷却深不见底，于是乎，新旧两城的临壑部分，就孤傲地凌驾于万丈悬崖绝壁之上了，成为名副其实的空中楼阁、云上人间。

我站在连接新旧两城的石桥上，瞠目展望褐红色石崖绝壁顶端边沿上的城头，不禁生出一阵阵眩晕，瞳仁里差点冒出金星了。那般楼窗下面便是万丈深渊的光景，险象环生，令我惊心动魄。我屏住呼吸，连连暗叹：奇观！奇观！悬崖小城龙达，绝对是天下建城史上绝无仅有的城建奇观噢！

由文化渊源上看，龙达小城则是西班牙斗牛传统的发源地。修建于1785年的龙达斗牛场，乃西班牙最古老的斗牛场。斗牛由纯粹的贵族娱乐，进化为全国民众的文体盛事，最早就是从龙达斗牛场开始的。这一悠久的文化渊源，深入民心、滋育民俗，使龙达斗牛场成为西班牙斗牛士纷纷向往的朝圣地。他们都把在龙达斗牛场斗杀一头凶狂的烈牛，视为自己终生的荣耀。至今，每年九月第一个周末，相关机构必定会在龙达斗牛场举办西班牙最著名的斗牛活动，以飨国人。仅此一事，龙达小城就吸引了八方游众。

目击斗牛场门前的公牛雕像，我也不免心动了。假如我不是在六月底，而是在九月初闲游龙达，我一定会买张昂贵的门票，进入原始级的龙达斗牛场，观赏举世闻名的西班牙斗牛盛举。

赏罢公牛雕像，围着圆环形斗牛场转了又转，我心中还是迷惑不解：当初的绅贵们，缘何开始斗牛、继而又迷上斗牛了呢？人与犄角锋锐的公牛角斗，往往凶多吉少；明知吉凶难料，却还要玩命斗牛，这不纯属闲来无聊、没事找事吗？

小城极小，声名极大。基于自我的文化心理，我当然要在小城里逛逛了。路过一家小门市，一时兴起，我还给小孙女买了一件带牛头图案的小背心，以作留念哟。

2018 年 10 月于北京

品尝西班牙火腿

西班牙火腿，久负盛名，誉满全球。

大名鼎鼎的西班牙火腿，特具举世无双的食法——生吃。

生吃火腿，无疑就是生吃猪肉了。闻听此说，我顿感恐怖。

今夏，在马德里，我恍恍走进了皇宫附近的火腿博物馆，小作体验。馆内四壁，装饰性地挂满了形形色色的火腿板，势如珠宝会展，琳琅满目。

登上二楼金碧辉煌的餐厅，在装饰高雅的餐桌旁边坐下了，身着特色服饰的男女堂倌，便恭恭敬敬给我端来一套食品——一碟小点心，一瓶红葡萄酒，还有一个盛满红白稀奇物的大盘子。罢了，他们便温文尔雅地离开了。

我于是睁大两眼，惶惶睨住了盘子里的货色——两条削净的哈密瓜（与哈密瓜同类，姑且就以中国的瓜名称谓它吧），瓜条上搭着两片红鲜鲜的精肉。不消说，这是地地道道的西班牙火腿肉，也就是地地道道的生猪肉。

见我独自发愣，另一男倌款款走来，操着半生的汉语说：

"用肉片卷住瓜条，慢慢吃。"

我盯住盘中餐，审视了半晌，纠结了半晌，最终下定了决心，遵循堂倌的指示如法炮制了。步骤是：切下一小片火腿肉，包在瓜条的尖头上，然后将瓜和肉一并送进嘴里，不管三七二十一地嚼开了。嚼着，嚼着，我突然震惊了：嚯！这份生猪肉，还真是好吃哎！由哈密瓜调佐着，我满嘴里充塞了香、甜、咸，正经是滋味不俗噢！仔细品品，那独特的肉味里，还确实夹有一丝榛果的芬芳。随之，我不得不暗暗点头了：西班牙火腿，名不虚传呐。

有了最初的体验，我便开始进食生火腿了。不过，酒店里自助早餐提供的火腿肉，品味就差多了。

2018 年 9 月于北京

巡游巴塞罗那

从1992年奥运会电视宣传片中，我首次看到了巴塞罗那优美的城市影象。瞩目电视屏幕中造型怪异的尖塔式建筑，我大呼神奇、神奇、神奇哟！

今年七月初，随国旅组成的小型旅游团，我携老伴实实在在地走进了巴塞罗那。

第一天落脚巴塞罗那市区，晚餐自理。我让易疲的老伴在室内休息，自己独自出门，到大街上买水、买面包、买水果。走过两条街，找过几家小门市，才找到了食品超市，将所需的食物买齐了。灯影里，路人稀少，车辆疏现，让我分享到可心的都市清宁。

翌日上午，概无集体游事，全员自由活动。我于是带上老伴，选择重要景点，逍逍遥遥地游逛起来了。我们首先沿着格拉西亚路，观赏了西班牙现代主义建筑大师安东尼·高迪的代表作之一——米拉公寓。这座建于二十世纪初的私人住宅，外貌呈波浪形，令人遐想无边。赏罢米拉公寓，又赏高迪另一佳作——巴特罗之家。巴特罗之家的墙面，蓝绿相间，叫人想起海底世界。之后,看了巴蒂洛宫,看了巴塞罗那剧院,并一直走进了喷泉扬珠、群鸽曼舞的加泰罗尼亚广场。广场上,绿荫密布,雕塑林立,更有一尊冰清玉洁的女神石像,为人间放射出原始的美韵。少不得,我就在这美不胜收的著名广场上,兴冲冲地遛开了。

　　我两眼盯住所有雕塑,反复赏鉴,欲罢不能。五脏六腑,充满赞佩的情味。忽然,在我奇观遍布的视野里,愣愣生出一幅可遇不可求的惊世画面,简直把我的心灵轰动了——就见一位身着灰布半袖衫、体形严重佝偻、地道是老态龙钟的老妇人,手扶一个起拐杖作用的小推车,从广场一侧蹀蹀躞躞地走来了。当她晃晃悠悠走到女神石像旁边的时候,足有几千只广场鸽,呼隆一家伙齐刷刷飞到老太太头上、肩上和脚边,干脆将老人家厚厚实实地包裹住了、围拢住了。而老妇人,仍在鸽群包围中间按部就班地挪着碎步,显现出一副怡然自得的样子。大概,老妇人的慈祥与安娴,也让鸽子们倍感亲切;所以哎,几千只鸽子才与老妇人融为一体、亲密无间了。或许哦,这位老妇人与鸽群的情分,正是天人合一的意思吧。

　　游过中心广场,我们踱入了著名的拉兰布拉大街,一览遍布行为艺术者的街景。我优哉游哉,信步观花,正经落得通怀惬意了。

　　吃罢午饭,全团集合,开始集体游览。全员十二人的小团,人顺事顺,说动立马就整齐划一地行动了。

　　午后参观的主景,是高迪平生最伟大的设计杰作——神圣家族教堂。圣家堂，自1882年开建，至今已经建造了一百三十六年，仍未完工。据称，到2026年，这座天主教大教堂才能彻底建成。造成施工速度缓慢的主要原因，是建筑资金全靠个人捐助；而吸纳捐款多少，直接影响到建造进度。尽管圣家堂仍在施工，却已被联合国教科文组织高度看重，提前将其评定为世界文化遗产。就是说，圣家堂是全球唯一一座尚未竣工就被列入世界文化遗产名录的建筑物，何其荣耀啊！五洲访客来到巴塞罗那，必定要认真地看一看圣家堂的。

　　在距离目标还挺远的地脚，我就看到了神圣家族教堂的雄姿。雄姿的鲜明写照，是四座造型奇特、高耸入云的尖塔。那圆形尖塔的模样，不啻四条精美的天梯，直插长空。再朝目标走近一点，我进一步发现，圣家堂顶部除去四座圆形尖塔之外，又冒出几座高高的、尚未建完的尖塔；而在高高尖塔之下，还有无计其数身量稍矮的小尖塔。整个圣家堂上端，地道是尖塔如林了。

　　步临圣家堂门前，我不禁又是一惊，只见大教堂的外墙上，雕满了人物石像，精美可赞。仰目望望门头上方，又见四座高高尖塔中间，轰然长出一棵圣诞树模样的小塔。其造型极为生动，蕴含了作者无比丰富而神圣的想象力。惊叹之余，我对高迪先生的设计艺术，唯有肃然起敬了。

　　进入圣家堂内殿，我上看下看，左看右看，干脆惊呆了。偌大的空间里，竖满了大树树干一样的石柱；树干也似的石柱上端，生出树杈一样的枝丫；枝丫端头上，开出向日葵形状的太阳花；太阳花里，放射出温馨的灯光。整个设计理念，是在颂扬天主教义的前提下，以大自然法则为纲。我猜，现已安眠在圣家堂里的设计大师高迪，当初似乎在想——大自然，就是天堂；天堂，就是大自然。人们崇尚大自然，爱护大自然，保护大自然，安安宁宁生活在绿色的大自然怀抱里，就等于住进了天堂。

走出大殿，我屡屡回头，赞美之情油然而生。我去过教皇国，进入过梵蒂冈大教堂。若说梵蒂冈大教堂庄严伟傲，那么高迪设计的圣家堂，整个就是一尊充满灵性和活力的巨型艺术品啰。

怪只怪，圣家堂门外的空场，太狭小了。对比于高大的圣家堂建筑规格，那块空场实在太狭小了。立身高大的尖塔下，举起相机来，根本无法摄入圣家堂雄伟的全姿。所以我想提出一个真诚的建议，建议巴塞罗那有关部门，在大教堂前方拆出一片空地来，以利游人能够站在百米开外，将完整的圣家堂上上下下一同收进镜头里，拍出一幅完完整整精彩绝伦的风景照。当然了，我这种一厢情愿的想法，未免太天真太可笑喽。在土地私有的国度里，要拆出一片供游人观光的空场来，谈何容易呀？

离开圣家堂，我们登上厄尔卡梅尔山，来到高迪设计的另一处佳景——奎尔公园。公园里，建筑精巧，百花缤纷，意境不俗。站在宽阔的平台上，放眼正前方，我看到了蔚蓝色的地中海。

游过奎尔公园，旅游团造访巴塞罗那的游程，便彻底结束了。

然而，我与我的老伴，游兴未尽。于是我俩披着傍晚的霞光，独自穿过一片居民区，又跑到了地中海的岸边。打眼一瞅，我顿时兴奋起来了：嘿，这地中海的海岸，另有一片好景象啊！堰岗上，长满了高挺的棕榈树。湾畔里，聚满了休闲的人。人们各行所好，各取其乐。冷饮店外，乐手弹琴歌女欢唱，为食者助兴。排球场地，两军对垒，嘻嘻哈哈玩着沙滩排球。柔细的沙滩上，一对对中青年夫妻或情侣，相偎而坐，相抱而卧，借着傍晚五六点钟不再火毒的阳光，静享日光浴。还有一对父女，情有独钟地专门站在沙滩边缘的浅水里，各握一把小拍子，对打小皮球。而沙滩前面的大海，也正好风平浪静，旖旎万顷。旖旎的海面上，几个少男少女勇驾帆板，招招摇摇，翩翩飘荡。好一幅宏阔的即时民生图，着实美极了。

我和老伴，在沙滩上坐了坐，遛了遛，拍下诸多风景照。性情所致，我们也脱下鞋子，到地中海边的浪花里，蹚了蹚水。一直玩到夕阳将落，我俩才流连忘返地离开了。实事求是地说，这巴塞罗那的海滩，是我见过的最美海滩之一了。

2018 年 9 月于北京

山城里斯本

葡萄牙首都里斯本,是一座山城。

有一说:没看过里斯本的人,等于没有见过美景。

山城里斯本,确实是一座美丽的都市。

我们进入里斯本,首先乘车穿过了"4月25日大桥"。走在大桥上,透过车窗,向侧后方打望,我看见了山头上高达一百一十米的耶稣像。向下打望,我看见了宽阔的、蔚蓝色的、一平如镜的特茹河,看到了河边漂亮的、帆樯如林的游艇码头。向侧前方打望,我看到了依顺缓漫山势而建起的红瓦白墙、红瓦黄墙、红瓦花墙的高厦和矮楼。车子由大桥上驶下来,沿着山坡上的街路兜过一圈,我又浏览了茂密多彩的花木和芳草。这一切,生生构成了里斯本的美貌。

叫我更为赞叹的地景,还是山下特茹河北岸平原地带的人文风光。端庄典雅的贝伦塔,乃里斯本最古老的地标,已被列入世界文化遗产名录。塔身临水而立,就像一位仪表堂堂的王子,向出征船队发出启航的口令。哥特式的热罗尼莫斯修道院,以其独特的美韵和历史价值,也成了珍贵的世界文化遗产。她安安稳稳坐落在街面上，给本已秀爽的里斯本，又添上了一种宁静的氛围。而高高大大、雄健万端的奶白色大理石航海纪念碑，巍巍耸立在特茹河边，愣似一艘巨型的、劈波远航的大帆船，令游人们望而咋舌。如此等等新老建筑物，都为山城里斯本缀出了优美的神韵。

我还想单独说说里斯本的松树。里斯本的松树，生出一身独特的美——粗粗矮矮的树干上，戴着一个圆圆的、平平的、大大的树冠，形象绝佳；极像一株绿色大蘑菇，胖乎乎的，招人喜爱。尤其当十几棵、二十几棵矮胖松树聚在一块形成了林，那般小景致就更美妙了。

当我再次穿过"4月25日大桥"匆匆东去的时候，我不由自主地回过头来，最后望了望伊比利亚半岛西南部最美的山城——里斯本。一股难舍难离之情，油然而生。

2018年9月于北京

走进欧洲大陆最西端罗卡角

葡萄牙西海岸的罗卡角,乃欧洲大陆最西端,已被网民们评为"全球值得去的五十个地方"之一。少不得,这儿声名日噪,吸引了八方游人。

今年六月下旬,我由里斯本乘车出发,沿着一条漂亮的海滨公路,径直向欧陆的西端点飞奔了。

耗时一个钟头,我顺利抵达了罗卡角。

停车的位置,是一处海拔不高的岭台。岭台旁边的矮丘上,竖有一座类似瞭望亭的高塔。而岭台及高塔的前方,便是浩瀚无际的大海了。置身罗卡角景界,我心神大振,不由自主地暗叹道:"嘿,我来到全球又一个值得去的地方喽!"

站在车门前,举目展望,我清清楚楚发现:誉满寰球的罗卡角,正是一个名副其实的、由高而低的、拱头探脑伸入大西洋的岬角,神妙极了。顺着不太陡的地势看下去,但见形状奇妙的岬角上,遍布多汁多肉的爬地植物,开满林林总总的杂花,五彩缤纷,令人眩醉。

天然地,我就朝着罗卡角的尖头部位,一步一步慢慢走去，终于踏上了用木栏围住的尖尖角。极目远眺，前方是大西洋辽阔无疆的海面。海面上汹涌的波涛，连接着天上的云朵，正经是水天一色了。俯首垂视，脚下竟是深逾百丈的悬崖绝壁，险象环生。绝壁根底的石坎前，巨浪澎湃，卷起白雪似的飞沫，叫我眼花缭乱，震惊不已。向右看，是一条蜿蜒下延的崖顶线，石崖上缀满俏灵灵的绿草。向左看，是一片野花烂漫的斜坡，坡底连着一泓湛蓝的海湾。海湾外边，有两道重叠的山影。我前后左右反反复复观察过了，地道落得赏心悦目，不得不给网民们点了赞：哦，风景这边独好！

有诗云："陆止于此，海始于斯。"实地赏罢罗卡角，我越发觉得这句名人名诗，写得太精辟、太精到了。罗卡角在欧洲地理上的名分，不正是如此独享天尊吗？

以我的习性，我又在伸入大西洋的地岬上散脚遛了遛，摸了摸多肉的草，嗅了嗅艳丽的花，才留恋不舍地离开了。

岁逾古稀，我有幸一游罗卡角，也算人生的偏得了。

2018年9月于北京

山地国度安道尔

由西班牙莱里达往北走,我看到了横亘在欧陆西南部的巨幅屏障——比利牛斯山。

比利牛斯山脉,高大,雄伟,壮观。群峰中,有一廊子大山,是纯粹的石头山。仰目望去,但见山体上泛出白花花一片硬光,寸土无存,寸草不生,石景峥嵘。

闯过凶险的比利牛斯山口,续行不远,我就进入了欧洲公国安道尔。

安道尔乃袖珍小国,国土面积不足五百平方公里,人口只有七万。而安道尔竟是一个山地国家,全国平均海拔接近两千米,遍地高山。唯一的活水瓦利拉河,从山地间滚滚流过,为安道尔注入了天然的灵气。

安道尔的国门,设有一道岗。可这道岗,竟概不检查进关的载客车辆,让所有访客自由入境。

安道尔的首都,也称安道尔,我姑且叫它安道尔城吧。安道尔城,是一座坐落在瓦利拉河谷里的小城,四面环山。城小,名气却大,号称购物天堂,所有商店一律免税。所以,不少欧洲人和游客纷纷走进安道尔，购买自己所需要的物品。

我象征性地逛了逛商场，便在小城的小马路上遛开了。只一会儿工夫，我就将安道尔公国的都城遛遍了。我惊奇地发现，安道尔城四周的高山上，都布满了花花点点的建筑群。那些建筑群，离地面的相对高度，起码在百米甚至在一百五十米以上，形成了独特的山城景观。仔细看看，我觉得这种山城小景致，也挺漂亮的。

安道尔城，城小，车少，环境清幽。不消说，所有安道尔人，都过上了安宁、静谧、天人合一的小日子。只是，安道尔人的生活，太闭塞了，与外界交流太不方便了。安道尔人外出，只有唯一的交通工具——汽车。

与西欧大公国卢森堡相比，安道尔似乎要逊色一些了。

2018 年 9 月于北京

法兰克福至柏林，沃野漫漫

由法兰克福乘飞机回北京，经越柏林空域。

今年七月，我由法兰克福登机，落座于舷窗边的座位。飞机起飞后，惯于观景的我，朝地面上津津有味地浏览起来了。

飞机乍一离开机场，爬上高空，我就惊喜地发现，地面上插花般出现了星星点点的湖泊和团团块块的森林。团团块块的森林中，掩藏着星星点点的湖泊；星星点点的湖泊群落里，夹携着团团块块的森林。森林，青绿青绿。湖泊，蔚蓝蔚蓝。森林与湖泊错落交汇，青绿和蔚蓝绵连如海，一派生机，蔚为大观。

飞机再往前飞，我接着兴奋地发现，地面上继续插花般出现了大片大片森林，又插花般新增出现了大片大片农田。显然的，农田多为麦田。麦子已被收割，田畴落成了规则的几何平面图。大片大片森林中，夹杂着几何平面图。大片大片几何平面图形间，夹杂着葳蕤的森林。森林，依然青绿青绿。几何形状的麦田，由枯干的秸秆映出烈光，金灿金灿。森林与麦田交汇错落，青绿与金灿涂染了大地，五彩斑斓，煞是好看。

由法兰克福飞至柏林一路上，我清清楚楚地看到，从机翼下面飞速掠过的土地，全是大平原。大平原里，森林覆盖率极高，湖泊、良田多而又多。我的视野里，除了青绿青绿的森林，就是蔚蓝蔚蓝的淡水湖。除了蔚蓝蔚蓝的淡水湖，就是金灿金灿的麦田。还有几条飘带似的河流，袅袅娜娜摆动着柔姿，蜿蜿蜒蜒穿流于广袤的森林与田园。好一片金贵的疆域，沃野漫漫，丰裕妖娆，真就叫人垂涎了（笑）。

　　仅看法兰克福至柏林一线，大地风光就这般优美，想必偌大一个德国，更加优美的好山好水好地方，肯定还有很多很多啰。当年的希特勒，守着如此一方肥沃的国土，竟不知足，还要野心勃勃肆无忌惮地搞扩张、干侵略，算啥鸟哇？吁！他可地地道道是个万恶的战争疯子噢。

2018年10月于北京

一览湄公河

一条大川，发源于中国青藏高原；一路滚滚南下，穿透中南半岛，从越南南部出陆，注入南海。大川中国段，大名澜沧江；流到东南亚，改叫湄公河。

我对这条中国出生的水系，倍感亲切。1999年夏，我初临西双版纳，就专门观赏了澜沧江。正赶上洪峰来袭，浪头带足了云南红土地上的红土，形成了通红通红的激流，疯奔狂泻，汹涌澎湃，煞是壮观。2011年秋，我再到西双版纳，再度观赏了澜沧江。赏罢，兴犹未尽，我便登上画舫，往下游游逛了一程子。两岸的热带雨林，葱茏蓊郁，苍翠葳蕤，令我陶醉。我还特地写出一篇《澜沧江小印象》，将自己的观感记下了。

今年三月，我择得好春光，游旅越南。怀揣对澜沧江水脉的亲情，我首先跑到老号西贡今称胡志明市的远郊，观赏湄公河。我想看看，发源于中国的著名大川，在她即将融入大海的时候，是个什么样子？

站在码头上，我放开视野，聚精会神，静静展望面前湄公河的胜景。喔！湄公河真宽，岸距遥遥，水面辽辽，绝对是一条流量丰足的大河。仔细瞅瞅，水色柔黄，水势平缓，没有大浪，堪称丽水。一眼望去，丽水汪成大洋，给我一种活力勃勃、浩渺无际的大印象。

我便带着一股雅兴，坐进观光艇，泛舟湄公河。看看船侧的涟漪，看看岸边的椰子林，看看横跨两岸的大桥，我端的赏心悦目、欣喜不已了。进而，踏上河中小岛，走进热带果园，我选尝了些许珍品。新摘的榴梿，味道平平，不敢恭维。而一种圆圆的牛奶果，则肉汁不俗，相当可口。

又在河面上兜游了一圈，观光艇漂漂悠悠，返回码头。我不失时机，伫立岸台，继续端详浩浩荡荡的湄公河，哦唷！感触大焉。洪流滔滔，全长四千九百余公里，流出中华本土，就变成了国际长河。她流穿中南半岛，滋润了缅、老、泰、柬、越大片土地，哺育了两岸芸芸众生，乃东南亚人原原本本的母亲河。抑或可以说，源自中国的湄公河，也饱含了中国人与人为善的秉性，走一程，泽一乡，流一土，养一方；正是这条从中国流出的母亲河，以无私奉献的美德和作为，给流域友邦创造了根本性的生存福祉。东南亚人饮水思源，可不该忘记了华夏大地的恩惠唷。

2019 年 4 月于北京

下龙湾美景，胜似山水画

人们盛传：越南下龙湾，很美。

今春三月，我畅游了下龙湾。亲临其境，我也说：下龙湾的景色，很美，很美，很美。

我与老伴乘船航游下龙湾那天，天气挺好，只是长空多云，缺少足够的阳光。光线清淡，柔和，似乎更适合观赏风景了。

下龙湾，辽阔无垠，一千五百平方公里海面，纳岛两千余。我刚步及海边，就见一片清秀绮丽的岛山，由海湾里赫然跃现了。群峰一如芙蓉出水，冲天而立，星罗棋布，蔚为大观。我不禁一惊，当即感叹：嚯！仙境，仙境。此地非蓬莱，却胜似蓬莱噢！

船开了，我们正式进入了风景区。我看到，一座又一座馒头山，一座又一座尖笋山，一座又一座宝塔山，绵绵连连络绎不绝地朝我面前涌过来了。自然着，我的神经琴弦上，就绵绵连连络绎不绝地蹦出了欢快的乐符。翩翩乐符赛过灵动的海鸥，咕咕嘎嘎，漫天飞翔。游至海湾深处，怡怡环顾，我的视野里，全是岛，全是山。四面八方，全是岛，全是山。船头每前进一码，就会揳入一片新的亮景。我每转动一下眼珠，就会看到一架新出现的、形状奇特色彩迷人的青山。山下，是碧绿的海水。山巅，是飘忽的白云。方圆三百六十度，绿水青山连白云，地道是美到极致了，美不胜收了。书云：下龙湾乃海上桂林，是语不谬矣。

　　下龙湾的岛山，千姿百态；除却馒头状的、尖笋状的、宝塔状的，还有繁多数不胜数的怪模样。有的山像元宝，有的山像乳头，有的山像犬牙，有的山像驼峰。有的山三峰连体，有的山二峰相依，有的山一峰独秀。绝壁，断崖，巉岩，陡坡，重重叠叠，层出不穷。每座奇峰，都有自己的名号，且名副其形。拇指峰，绝对像一个高高翘起的大拇指，为万顷佳景点赞。斗鸡石，也酷似两只彪悍的大公鸡，凶相毕露，啄喙厮斗。而风帆岩，更如两片迎风扬起的白帆，恭祝出海人一帆风顺。哪位墨客，少许动动脑筋，就会为湾窝里每座造型不俗的秀山，编出一篇奇异的神话传说或美丽的童话故事来哟！

　　下龙湾，是一爿坐落在近海里的喀斯特地貌。下龙湾的岛山，全是石灰岩构成的山。山体基石遭受海水经久浸泡、腐蚀和冲击，表层一概溶解掉了，失去了外延的底座。山根向内凹进，凹下深深的环形空缺；山脚往里收缩，缩成一圈空荡荡的虚无。找不到踏脚点，渔夫邑众只能望山兴叹，无法攀登美妙的蓬莱峰。唯有一座小山，基座未遭侵蚀，山麓一侧还铺满了细柔的沙滩。于是，此山深受越南人青睐，呼之为天堂岛。

必然了，在全世界物欲横流的今朝，天堂岛愣被越南人视为摇钱树，独独辟作了黄金景点。他们在山尖上，筑起小小的观景台，招徕游众登台远眺。天价虚高，铜臭弥漫，每位中国游客必须另外付费三百元人民币，方可登岛一踱，或爬上山头望望远景。嗟乎！其实，所谓的天堂小岛，并非姿色绝伦，不过是岛山山体一侧有个四十五度的斜坡，可勉强供人攀爬罢了。开发商于四十五度陡峭斜坡上，铺下简陋的石级，便草草拓出一条狭窄的登山道。石径两侧，没有像模像样的护栏，只见稀稀拉拉并不牢固的桩柱上，拴有一根代替护栏的绳索。部分段落，绳索已经断了，登山者无物可抓可拽，委实难以获得腿脚安稳和肢体平衡。如此登途，极端险恶。而且，上山下山一条路，游客双向对流，碰碰撞撞，险象环生。体弱者一不小心，就会被撞翻身子跌落山下，酿成生命危险。一旦有人因为冒险登山丢掉了性命，天堂岛可真就算取对雅号了，真就成为逝者的"天堂"了。

面对颇不安全的游路，我应该说不了。我试探着往天堂岛四十五度陡坡上爬行了三分之一，稍稍做过了应有的体验，就小心备至战战兢兢地下撤了。

设立景点，首先必设安全网。以此为论，越南应该向中国学习。中国的名山，每条山间小路都装上了护栏。栏杆坚固，花样翻新，不是水泥加钢筋做成的仿木杠子，就是造型美观大方的铁杠子，确保了游客的人身安全。而越南人，无论理念还是实践，都显得小家子气了，落伍了。

中午，船家为我们提供了一顿挺不错的餐饭。桌面上，有下龙湾里出产的鱼、虾、牡蛎、小蚬子，正经是肴馔丰足了。

回程，我没有躺在舱室里养懒，而继续留守甲板，看海，看山，看风景。两眼痴痴，心头盛赞：下龙湾，美透了！这幅大自然孕育的风光杰作，绝对胜过天底下任何一位大画家画出的山水画。

2019 年 4 月于北京

越南四苗条

河内一位导游说，越南有"四苗条"，即：版图苗条，房子苗条，路苗条，人苗条。我在越南稍作观察，便验证了"四苗条"的准确性。

版图苗条，对的。检验这一结论，无须丈量越南国土，只要看看越南地图就行了。越南版图，呈S形，奇狭奇长，地道苗条至极了。

房子苗条，对的。越南土地私有，地权永久，地价昂贵。国民皆可买地盖房子，却每家每户受到经济条件和相关规定的局限，难以买得大宅基。于是，大家就在地面之上、在仅有几米宽的地界之内，首先构建出一个开门大厅；然后即以大厅为基础，往高处摞屋子，向高空要房间。走在河内和胡志明市，屡屡可见一个单一的门洞上面，直上直下摞起一串单窗。一扇单窗，就是一个房间。这种单门单窗垂直重叠式的居民楼，有四层的，有五层的，也有六层七层的。正面看，其形其状，极像一杆细长的玲珑塔，正经是苗条无双了。

路苗条，也对。可能缘于国土面积小，地皮高贵，越南的城街及公路，都很窄。苗苗条条的路街，天天被洪水般的摩托车队充塞着，整个交通几乎瘫痪了。

人苗条，更对了。越南人慢性子，讲求慢节奏、慢生活。他们饮食简单，不好吃喝。再加上气候炎热，汗液肆溢，越南人就大都长得瘦弱了。称瘦弱的越南人体形苗条，也算准确无误了。苗条，与窈窕近义，当然也是一种美。在越南，瘦而帅气的小伙子，既纤弱又妩媚的大姑娘，也蛮多蛮多的哟。

越南"四苗条"，难道不是一种挺有意思的特色吗？

2019年4月于北京

感叹吴哥

吴哥窟,"坐落"在柬埔寨王国的国旗上,何其显赫!

吴哥窟,历史璀璨,与中国的万里长城、印度泰姬陵、印尼婆罗浮屠一起,被考古界誉为东方四大奇迹,何其荣耀!

吴哥窟,作为柬埔寨的瑰宝,被联合国列为世界文化遗产,实至名归了。

为一睹尊容,我飞抵柬埔寨,走近了吴哥。

真正踏上吴哥热土,我才搞清:吴哥古迹恢宏庞繁,分为大吴哥和小吴哥。吴哥王城和庙群,称大吴哥。而高踞于柬埔寨国旗上的神圣建筑,称小吴哥,别号吴哥窟。

我诚惶诚恐地拜见了吴哥窟,也仔仔细细端详了吴哥王城及群庙,感触深重。

吴哥,高棉语"城市"。六七百年前,此城辉煌灿烂,梵音袅袅,歌舞升平。而今,出现在我面前的吴哥古迹,却一派苍凉,默无琴音。两相对比,我黯然神伤。曾经的文化圣迹、建筑奇观,幡然乎风光不再,只能以"遗迹"的名分残存于世了。

一处乡间民房，没人居住，无主管护，天长日久，就破败了。一座王府皇庙，同样难脱此道，运在不二；朝廷灭亡了，庙堂废弃了，随着星移斗转世纪更迭，当初的精美建筑也就雨蚀风化、腐砖烂瓦、面目全非了。

想象一下，吴哥王朝鼎盛时期，其王宫其庙宇，无疑是高大伟傲、固若金汤、丽光四射的。可眼下，一切圣灵光环全都化为乌有，不复存在了。我所实际看到眼里的，除吴哥窟还留有基本完整的原始模样外，其余遗存全是废墟，一片废墟。"吴哥微笑"尽管还笑，却笑脸破碎，五官不全了。雄魁的城堡、华美的宫殿、庄严的寺庙，一概土崩瓦解，变成了一摊又一摊、一堆又一堆乱石头。我也看得出，荒废的古建筑，随后又被自由出土快速生长的丛林彻底吞噬了。一棵棵大树一根根巨藤，盘根错节、绵绵连连、杂乱无序地封蔽了楼台，绑缚了高塔，结成了植物群落的天罗地网，完全将灰黑色的废墟笼罩了、湮没了。特别是那些粗壮彪悍的树干，轻而易举就掀翻了石阶、撑碎了门窗、拱裂了檐头、戳破了殿穹，将巍巍大庙毫不客气地撕毁了，揉烂了。部分奇树，居然能从石墙里破洞而出，直插蓝天，嗟乎！

废墟，废墟！一摊又一摊、一堆又一堆乱石头，一片又一片、一片又一片乱树乱藤萝，便是吴哥古迹的代名词。

丛林掩藏了遗址，藤帘遮匿了古物，乃吴哥真实写照。如此光景，岂能不令我浮想联翩呢？

我感叹：大自然的魔力，是万能的，无穷的。站在大自然脚背上的人类，极其渺小，弱不禁风。自然生态，可以毫不费力施展出强大的再造神威，原地抹掉遭受遗弃的人文史痕。

　　我深深感叹：古文化，要传承，要延续。古文物，要修缮，要保护。丢了古文化，没了古文物，人类就无法回眸自己走过的历史长河。

2019 年 4 月于北京

再赴德国

德国，是西方一个非常发达的国度。1997年，我随辽宁省文联代表团造访了德国，与柏林、汉堡、科隆、汉诺威几地的文艺界人士，进行了专门的文化交流。今年，我带老妻去欧洲旅游，再次到德国地面上走了走。

我们所乘坐的班机，由北京直飞柏林。下了飞机，安宿至翌日，我首先奔向曾经为之写过一篇小文章《近觑柏林墙》的柏林墙，故地重游。1990年9月，一百八十余位来自世界各地的美术工作者，在一段1316米长的柏林墙上，创作出海量不同主题的漫画怪作。1991年，这段意义非凡的画廊式墙面，被德国政府列为保护建筑，留存下来了。尔后多年间，已经成为历史遗迹和国家文物的柏林墙，数次发生过涂鸦美术换作品、出奇篇，更新不辍。如今，满墙画作更加显得纷繁多彩了。其中一幅两个男人叭叭亲吻的大漫画，构图别致，笔触锋锐，寓意辛辣，给观众留下了深刻的印象。不少游客心动之余，还站在勃列日涅夫和昂纳克的脑壳下面，留了影。我立于施普雷河边，静觑一旁画幅连画幅墨花接墨花汇成一条七色小河似的柏林墙，心中不禁生出了沉重的祈祷。诚望：涂鸦漫画汹涌如浪的柏林墙，当真能成为一脉醒世的文化河，冲刷掉本土及其他国家某些右翼分子的民粹意识，让人间永免战事，永葆和平吧！

必不可缺的，我要去闻名寰球的查理检查站，瞅一瞅。蹀临目标区，略一扫瞄，我就望见了竖在高杆上的苏军战士巨幅头像；那一双大眼，视线酷厉，充满了直对美军的敌意。此地，曾是东德与西德人员过境的必由关卡，美苏两军死死扼守，对设武装岗亭。矛盾激化时期，双方曾在检查站各自一侧布下坦克、大炮、机关枪，虎虎对峙，严阵以待。我缓步踱至检查站跟前，抱着回眸历史的情怀，极为详尽地观看了美苏两军留下的昨日实物。那一幅幅当年拍摄的记录凶险边检实况的黑白老照片，令人发指，不寒而栗。眼下，东德西德军事分界线的标牌还在，武装岗亭的小房子还在，只是所有边检设施完全剜除了曾经的恐怖相，变成各国旅人必睹的观光景点了。

"二战"后期，柏林几乎被苏军炸平了。好多好多宝贵的欧式老建筑，都荡然无存了。现今的楼厦，大都是战后不太讲究地搭建起来的，难见正宗的欧风。所以，你在柏林大街上走来走去，东望望西瞧瞧，会觉得柏林不像一座欧洲城市。自然了，柏林也不美，远不及巴黎、伦敦和阿姆斯特丹好看。在被炸毁的古迹废墟上重建的勃兰登堡门，倒是柏林市中心一处惹人向往的胜景。但，一瞧，我确认那景物是复制品，就觉得其观赏价值大打折扣了。毋庸说，是德国纳粹发动了战争，而正是那场战争摧毁了柏林。

走到德国第三大城市慕尼黑，我的心情开始添彩增色了。慕尼黑是德国南部的政治、经济、文化和交通中心，系国际旅游名城。上一回，公出访德，我没有涉足慕尼黑。因而这一次，我游至德国南方，便愉快地走进了慕尼黑市。刚刚踏入慕尼黑近郊，我就感到耳目一新了，五彩斑斓，光景可嘉。再往内城逛逛，再朝四下里瞭瞭，越发是丽象妙景冲我扑面而来了。可谓城市建筑好，史貌犹在，欧风飘逸。可谓城市绿化好，绿树成林，花木遍地。袅袅一条伊萨尔河，穿城而过，哺育芸芸生灵；还有几汪汪小湖，星罗棋布，滋润城厢。可以说，慕尼黑完全是一座沉隐于森林中、花海里、水泊间的大都市，环境宜人。正午十二点，当我走进玛利亚广场，便如愿欣赏到一处稀世的好景致——就见哥特式新市政厅八十五米高的钟楼上，全德国最大的木偶报时钟开始敲响了。钟楼中部的空厢里，确实如资料介绍的那样，有诸多彩色木偶人随着音乐登台演出，再现1558年威廉五世公爵的大婚庆典。木偶们活灵活现，载歌载舞，妙趣横生，震撼了八方游众。听罢悠扬的钟声，看完小木偶吹吹打打的表演，我也蛮有乐不思蜀的意思了。

这次到德国，我不仅游览了首都柏林和第三大城市慕尼黑，还乘坐奔驰牌大巴士，在原野上转了几圈。德国的山川地貌，也叫人称颂。一望无际的沃野上，万物繁荣，丽景浩瀚。森林绵连，林中长满了树干笔直的红松、云杉和冷杉；良田辽阔，田里布满了小麦、大麦、燕麦、油菜和玉米苗；草场逶迤漫延，逶迤漫延的草场上，芳草如茵，牛羊逍遥；或山脚，或路旁，井然有序又独立自如地坐落着造型优雅的民居屋，美不胜收。一言以蔽之，广袤的德国原野，风光不俗噢。

2019 年 7 月于北京

审美奥地利小镇

奥地利之哈尔施塔特，号称世界最美小镇。我首先通过自己的电脑，查到了这个镇子，看见了小镇的上网画面；心下暗赞：美！

今年六月底，我游历奥地利，怀着极高的观赏欲走进了哈尔施塔特。实地瞧瞧，我不禁又是一声惊叹：哈尔施塔特，名不虚传，地道美极了！

小镇依山傍水，山为青山，水为丽湖。青山林木葱茏，百花烂漫；丽湖活水明澈，鱼翔清波。酷如童话影片里出现过的小房子，一由湖边筑起，拾级而上，漫及山麓；二沿水岸延伸，步步为营，形成长长一廊子琳琅、玲珑的小街。乘兴，我悠然举步，左顾右盼，款款地顺着湖岸街巷遛出去了。

遛至小街尽头，登上湖畔高地，我回头展望，小镇的全景画面就更为生动绝伦了。但见，一座小教堂的尖塔，亭亭玉立，堪称地标。由亭亭地标尖塔领衔的长条状、斜坡式镇坊，楚楚在目，越发显得鳞次栉比、错落有致、色彩艳朗了。更有背后青山巍峨，再有镇前丽湖浩瀚，这景象实实在在万般奇妙了。青山与镇厢，倒映在波光潋滟的湖水里，斑斑斓斓，颤颤荡荡，煞是好看。我笃信，天底下又一处人间仙境，千真万确出现在自己眼前了。

拿出两个多钟头的时间，我漫步镇街，自如地遛了遛，转了转。我看到，小镇里的民居，一楼一式，互不雷同，独领风骚。有的人家，在外墙窗下挂出鲜花盛开的花篮，俏亮。有的人家，让植根门侧的红蔷薇爬满墙面，妖艳。有的人家，将自家人喜爱的饰物摆在门口，爽朗。八仙过海，各显神通，相映成趣。

走累了，我便坐到湖边树荫下的长椅上，小憩。面对倒映在水光里的楼影和云朵，我放飞逸致，兀自闲赏。且又，静静品尝镇子里的夏风味、空气味、颜色味，我不啻在啄咂一杯甜美的红葡萄酒，惬意透了。

山水小镇，环境清幽，氛围温馨，结构艺术，品相高雅，太适合人居了。

2019 年 7 月于北京

难耐的萨尔茨堡暑热

欧洲的夏季，也热了。看来，地球变暖，已是不争的事实了。

今年 6 月 30 日，本人造访音乐大师莫扎特的故乡萨尔茨堡，亲身接触到了当地出奇的高温。由是，我对地球变暖这一世界气象结论，愈发认可了。

往昔夏天去欧洲，体感还是蛮凉爽的。然而这一回，我踏上奥地利萨尔茨堡地界，却空前遭遇到难耐的暑热。

是在下午两点钟，北京旅行团乘坐的大巴士驶进了萨尔茨堡。此刻，炎日当空，万里无云，旅友们由空调车厢里一下来，就受到了烈烈阳光的炙烤与暴晒。我觉得，那种蓝天下火也似的烘燥度，绝不亚于本人在北京酷暑里体验到的热滋味。

我们尽量挑选树荫下的通道，观览欧风十足的市容。在著名的莫扎特广场，我于烈日下驻足了，以十分崇敬的目光，凝神端详莫扎特的青铜雕像。可是，这个年年举办莫扎特音乐会的小广场上，概无树荫可借，阳光直接焙灼我的天灵盖，烤得我灼痛难忍。所以，面对大师伟岸的雕像，我只瞻仰了几分钟，就狼狈地离开了。掠过知名度蛮高的三层喷泉，来到莫扎特出生的小楼前，同样因为忍受不住烈日炙灼，我也只能面朝天才音乐家落草房间的窗口瞩目片刻，即慌慌张张躲进楼影造就的阴凉地里，吐口热气啰。

尤为甚者，大伙在观看萨尔茨河上的情人桥时，干脆被炎阳烤软了，走不动了。陪我出游的老伴，更是热得头昏脑涨，几乎要中暑了。我当机立断跑出百八十米远，买来一瓶冰镇可乐给她喝了，她才重新有了精神。本人还算顽强，将老伴打发到对岸的树荫里避晒，自己则撑住阳伞冒着酷热站在长桥中央，认真审视令人惊讶的桥栏。那长桥两侧的网状护栏上，被痴情男女密密麻麻地挂满了爱情锁。有大锁、小锁、方锁、圆锁、心形锁，有红锁、绿锁、黄锁、蓝锁、金锁、银锁、迷彩锁，形形色色、形色无尽。锁挨锁，锁碰锁，锁叠锁，锁压锁，锁与锁簇簇拥拥，拥拥挤挤，挤得无缝无隙、密不透风，形成一道极端火爆的爱情锁风景线。据导游事前讲，随这道爱情锁风景线渐渐形成，也同时产生了一个不大不小叫当地人哭笑不得的奇葩问题。一则是奥地利本国情侣频频往情人桥上挂锁，二则是世界各地的红男绿女也纷纷慕名而来往情人桥上挂锁，遂给只能徒步走过甜蜜情人而绝对不可行车的情人桥造成了沉重的负荷。不得已，每隔半年，政府主管部门就必须动用昂贵的人工，将桥栏上的锁具清除干净。否则，爱情锁日积月累，最终超重，就势必将桥梁压塌了。海誓山盟的小男女，善作表面文章，竟给萨尔茨堡情人桥造成了有可能粉身碎骨的大麻烦，呜呼！我在想，真正心心相印的纯情爱人，彼此间用得着作出如此俗陋的物化表白吗？一旦，她与他忽一激动闹掰了，翻脸了，分手了，是否还需要双双返回情人桥上唉声叹气尴尴尬尬地解锁呢？

看完了锁景，我便将目光投向脚下的萨尔茨河，顺着河流漫漫眺望。我看到了芳草萋萋的原土河堤，看到了河堤外缘苗条秀爽的尖塔，看到了尖塔后面端庄典雅的古堡，看到了古堡前方绿意融融充满生机的远山，大风光一派壮丽。嚯！胜景好悦目，观景也清脑，我竟一时间忽略了暑热。

赏罢名城全图，我心满意足，便快速踏过情人桥，随队走进了扬名全球的米拉贝尔花园。却，已经热昏的旅友们，都懒懒怠怠不想游园了，全瘫坐在树荫下不肯动弹了。

欧罗巴反常气温下出现的萨尔茨堡暑热，委实难耐！

2019 年 7 月于北京

漫步维也纳

多年来，我一直有个愿望，想去世界音乐之都维也纳看一看。

今年夏天，我的愿望实现了，脚踏实地走进了维也纳。

大巴车一进戒指大道，我就发现：维也纳是一座标准化的欧洲城市。其建筑，欧风显明；街道两侧，花木葳蕤。景观频现，引人入胜。

掠过金色大厅，外观了国家歌剧院，我便进入了著名的维也纳大学。细观满墙的资料照片，再看满院的名人雕像，我心中肃然生出了虔诚的敬仰。这所拥有诸多诺贝尔奖得主的高等大学府，给我留下了深刻、美好的印记。

跨过戒指大道，走进维也纳老城，我观赏了经常有政府要员出入的名人咖啡厅，观赏了专门上演德语戏剧的德语歌剧院，观赏了总理府，观赏了气派宏大的王宫。王宫大厦那处醒目的晒台上，曾上演过战争狂人希特勒主演的丑恶故事。当年，希特勒就是站在这个晒台前沿，手舞足蹈野心勃勃地发出了兼并奥地利、全面攻占欧陆列国的暴戾号令。

踱入王宫图书馆，我看到了奥地利的顶级国宝，有皇冠，有战袍，有权剑，等等等等。文物无语，却以陈旧而华美的静态，道出了不美的史话。

午餐时，我慕名踱入闹市区一家高档餐馆，品尝了奥地利的国家名菜炸猪排。我细嚼慢咽，认真品辨，虽未从中咂出令人振奋的奇妙感觉，却也算尝到了异国珍肴的小滋味。应该说，那一碟炸猪排的味道，还不错。

饭后，我沿着充满欧洲风情的街巷，溜溜达达，四处撒目，热心观察风格多样的楼宇，全神欣赏千姿百态的人体雕塑。左瞄一眼，我看到了艺术。右瞄一眼，我又看到了艺术。往前再瞄一眼，我所看到的虚实客体还是艺术……

艺术，艺术，维也纳，一城典雅，满城艺术。

2019 年 7 月于北京

戏水多瑙河，畅游布达佩斯

多瑙河，乃欧洲一条美丽的大河。

布达佩斯，是多瑙河沿岸一座美丽的城市。

此河，美丽；此城，美丽。这不啻一对闪亮的地理文化符号，早已广为人知了。

首先乘船在多瑙河上玩玩，然后再徒步游览布达与佩斯，委实是一种不错的旅程安排。

盛夏，我携老妻走进匈牙利首都，就履行了这一惬意的旅程。

我们到达布达佩斯的时候，赤阳明灿，微风和煦。站在东城一侧的码头上，瞄瞄佩斯的街景，再扭头看看脚前的多瑙河，然后举目眺望对岸的布达山城，我便得出一个中肯的结论：流态婀娜的多瑙河，绝对是一条名副其实的丽水；由布达与佩斯联合而成的匈牙利首都，也地道是一座举世少有的漂亮都市。多瑙河柔柔流淌，兄弟城布达与佩斯隔水相携，形成了一幅多姿多彩美轮美奂的风景画。

怀着焦渴的审美欲,我迫不及待地登上游舫。马达声起,游舫犁开悠柔的水面,缓缓地顺流前进啰!凭栏赏景,我自是聚精会神,欣喜不已。看左岸,我看见了佩斯岸坎上雄伟壮丽的哥特式议会大厦,看到了华俊瑰美的红单塔和绿双塔,看到了蔚蓝色菠萝皮也似的巨型现代化大棚子。看右岸,我看到了布达山上造型华贵的旧皇宫,看到了风貌独具的马加什教堂,看到了英姿峥嵘的渔夫堡,看到了凌驾山巅的自由女神像。各色建筑,金碧辉煌,诚如两条闪光的珠链,镶嵌在多瑙河两岸。游水观景一路上,我还零距离观赏了多瑙河上的桥,特别是真真切切地看到了身世古老名扬全球的链子桥。细细品赏视野里的物相,我兀自感叹:嗬!水美,桥美,两岸的秀塔雅楼也都美,好一个目不暇给、美不胜收噢。

回岸,我深入佩斯城区,在著名的英雄广场上款款踱步。匈牙利人民为纪念本民族定居欧洲一千年而特建的英雄广场,不大,却一统庄严。广场中央,立有一座三十六米高的千年纪念碑。碑台上,那七尊持剑策马的英雄铜像,叱咤风云,栩栩如生。目睹此景,我生出无限遐想,愈发对匈牙利人民敬佩有嘉了。

离开佩斯城区,经由伊丽莎白大桥,跨越多瑙河,我们进入了布达山城。踏着石级,一阶一阶登上山巅,我们走进了渔夫堡。居高俯首,放目广瞭,我遂将偌大一幅江城实景尽收眼底了。多瑙河流经五彩城郭,袅袅娜娜,仪态万方;河畔上,建筑物千姿百态，异光纷呈。津津咀嚼如此一片秀色可餐的大风景，我真就心旷神怡了。

多瑙河，布达佩斯双子城，令我留恋。

2019年8月于北京

布拉迪斯拉法街景摘录

东欧斯洛伐克首都布拉迪斯拉法，是多瑙河岸边一座袖珍小城。小城虽小，却清幽温馨，放射出灵秀的美韵。

我脚踏石板小巷，走到一处空坪，就看到了一帧精雅的小景。一位身材修长、面容娇丽的少女，悠然晃动着酥胸，吹响了长笛，奏出动听的曲子。她脚前，置有一只方盒。听过笛歌的路客，便往少女脚前的盒子里投币了。无疑，美少女的行为，是街头卖艺。这种卖艺行为，给人们留下了清丽的好印象。

市政厅小广场上，也有一处令人瞩目的小景——小楼二层窗口旁，嵌有一枚铁黑的炮弹，可谓奇观。原来是，"二战"期间，一颗炮弹打进市政厅外墙，没炸。战后，斯洛伐克人就把这颗炮弹里的火药掏光了，然后再将弹壳按原位嵌到墙面上，以儆后世。不少游客目睹可怖的战争遗痕，心生感慨，都用脑袋瓜顶着楼窗旁没爆炸的炮弹拍了照，摄取了一张意义非凡的留影。

逛至靠近多瑙河岸的街角，一道更为欢活多彩的好景致出现在我眼前了。有位相貌堂堂的小伙子，拉响了小提琴，同时伴以浪漫的舞蹈动作。而他身旁的小姑娘，则面对麦克，和着悠扬的琴音放声歌唱。二人面前，放着一个硕大的音箱。音箱前面，同样搁有一只投币盒。毋庸置疑，这一对青年男女也是街头卖艺的小艺术家，浑身洋溢出火热的正能量。围观欣赏的闲客们，有节奏地点头、击掌，为两个文艺青年精彩的艺术表演热烈喝彩，盛表赞佩。几十米外柔姿袅娜的多瑙河水，便伴随着美妙的琴音和歌声，静静流淌，静静流淌，静静流淌……

布拉迪斯拉法的街头小景，深深印进了我的脑膜。

2019 年 8 月于北京

遛遛克鲁姆洛夫

在捷克共和国的国土上，散布着不计其数的美丽城镇。其中，已被列入世界文化遗产名录的克鲁姆洛夫，就是一个富有代表性的山间小城。

由上下五层拱门式孔洞的最底层落地门洞走进去，一片彩墙红瓦房舍密集的城郭，便出现在我眼前了。当即，我停下脚来，随口咧：吁，好迷人的所在唷！

细瞅，我脚前是一簇粉红的月季花，月季花前即是一条水幅不宽却清澈如碧的小河。往右看，是小河的上游。娟娟浪花扑下河床矮坎，形成了晶莹而灵动的小瀑布。瀑布两侧，绿树成荫，景容旖旎。往左看，是小河的下游。婀娜碧水托着几个橙色的橡皮筏子，荡荡悠悠，袅袅流去。小河上，架有棕色木桥，桥廊内站满了观光客。自然着，我受众客吸引，也款款地朝小木桥走去了。

起步下行百八十米，跨上桥廊，我发现所有游客都面朝小河下游的河湾处，出神地瞭。于是我也附向他人的视线，举目打望，随之就热血澎湃了。视野里，奇观精妙，绝顶壮美哟！

那花木繁茂的山崖上，踞有一座火红色人字瓦脊的城堡；古城堡造型雄浑，傲镇四野。一尊华瑰的圆体高塔，自城堡一侧腾空而起，直插白云。另一柱戴着灰绿色宝葫芦尖顶的矮塔，从树丛里蓬勃钻出来，丽光四射。山崖下，河两岸，沿水小筑毗连成群，异彩纷呈。偌大一幅立体佳景，有山有水有仙阁，正经令我心神振奋了。

踱过木桥，漫步小街，我的心情，彻底被雅致的青石小径和千姿百态的楼影染俊了。一时间，古稀老夫竟亦忘记了年岁，落得自我浪漫了。优哉游哉，逍逍遥遥，我本人似乎也独成一景了。拐过市政厅，踏过中心小广场，再绕过几条无花无树的欧式窄巷，我就基本上将小城逛遍了。

最后，立身河谷上端的观景台，我又一次欣赏起小城的全景来了。直视前方，景框里赫然突现的胜迹，还是那座红彤彤的城堡。只是，以古城堡为核心的画面，膨然扩大了。除一高一矮两尊秀塔外，我还看见了一柱只有站在观景台上才能看得见的红尖子小塔。三塔四周，红楼广布，完全就是一片火红楼盖子汇成的红海洋。彩墙璀璨，红瓦辉煌，蓝天之下城坊之中，好一派万象绚朗啊！我瞪亮眼睛，一赏再赏，不禁再次慨叹：克鲁姆洛夫，太美了，太美太美了。

2019 年 8 月于北京

尝一口纯真的百威啤酒

平生我，不烟不酒。对烟，我厌烦极了。走在马路上，遇见有人吸烟，我会迅速躲开，避离那股熏脑呛肺的恶味。对酒，我不烦，却敬而远之，素无恋情。官场职界宴桌上，我滴酒不沾，绝不沾。即便是有朋自远方来，造访我所"住持"的苑地，我亦必请副职代我举杯施礼，与贵客对酒当歌。唯独在过年和中秋两大佳节里，以及家人过生日的时候，我才会以家中尊长身份，仪式性地抿咂几口芳醪，添添家庭喜气。

当然啰，私下偶遇奇酿，出于文化鉴赏心理，我也会品尝两口的。去年盛夏，赴中东欧旅行，走进捷克小城布杰约维采，我就慕名动意，品尝了半杯纯真的百威啤酒。

早有意识：百威啤酒系好酒。也早知道：百威啤酒之祖宗产地，非美国，乃捷克，正是脚下的布杰约维采。所以，入坐餐馆后，见大家纷纷唤酒，我即执意滥竽充数，款款付出三个欧元，叫来一杯绝顶正宗的百威鲜啤琼浆。怎奈不胜酒力，我只好分出半杯芳液，递给同样不善酒事的妻子。之后，我们老两口就调动了满嘴味觉神经，嗞悠悠地喝开了，乐津津地品辨起来了。

反复啄咂，美感沁脾。晶莹莹一口酒，拱进我的双唇，先柔柔润过舌，再缓缓流过喉，就留下了一股很清新很亲切的滋味——甘、爽、绵、香；且有微微一丝苦，回旋于唇齿间，便更为精纯无瑕的酒质添足了媚风。就连我这个不会饮酒的人，也心悦诚服了：百威啤酒，盛名不虚。

邻桌旅友们，推杯换盏，喝五吆六，正经堕入了酒花乡。其做派，虽不雅，却实属逢了蜜露而豪饮，也算情有可原的。毋庸说，捷克佳酿的魔力，轻而易举就将八方仙客征服了。

餐后，徜徉在小街上，我忽觉眼前的小楼小房子格外好看了。布杰约维采，确实小。小城酿出了大名酒，遂也伟大了。

2020 年 6 月于北京

丽都布拉格

到目前为止，捷克共和国的首都布拉格，是我所见过的最秀丽、最有魅力、最最景致迷人的城市。因其处处精美、处处多姿多彩、处处保持着历史原貌、处处显现出独有的艺术特色，老街古巷无不具备超凡的人文价值，所以，布拉格整座城厢被联合国教科文组织列入世界文化遗产名录。丽都布拉格，乃寰球唯一一座全城享誉人类文化遗产名分的城市。

一个风和日丽的日子，我乘坐奔驰大巴士，穿过青苍苍的森林、绿油油的草场、黄艳艳的葵花田，径直跑到了高速公路的尽头。一看，前方豁然出现了一爿童话故事里才拥有的城郭——高塔窈窕，矮塔玲珑，红楼灿烂，青楼妩媚，七彩斑斓，炫目极了。捷克籍的老司机呵呵一笑，操一口生涩的汉语嚷：全世界最漂亮的城市布拉格，到喽，到喽到喽！仅大略赏阅一下眼前初识的画面，我就脱口嘣出一个字——美！

进入布拉格，我便彻底融入美景之中了。小步踱行，左顾右盼，映入我眼帘的景物，皆为珍迹。形状优雅的楼宇，真就一律是彩色墙皮彩色顶盖，体貌艳朗。楼檐上楼门旁，附有各类题材的艺术雕像，琳琅满目。再看脚前，尽是镶嵌细密的石块路石板路，路路古雅。石块路石板路中间，铺出双向铁轨，四通八达。1903年制造的旧式有轨电车，当今还在跑。悠沉的铃声当当啷啷，如旷世仙歌，随风飘逸。款款走，随处瞄，细微感觉，我确认：其街巷，其楼群，其一门一窗、一砖一瓦，无不弥散出高贵、奇异、典雅的意味。那醉人的美韵、浓郁的史味，腌透了我的心。

踱至老城广场，我驻足环顾，观感大振。几位人体艺术表演者，摆出了怪诞不经的金属造型，滑稽可笑。一队红衣小女子，曼腰旋摆，翩翩起舞，一派婀娜。更有大片频频攒动的人头，统统仰脸瞩目，注视即将敲响的天文钟。科学与艺术，充盈了既不属于我又似乎属于我的空间和时间，可谓百花齐放了。我不能不说，这老城区的小广场，也是一处难得的好景致。

游游转转，我拐过数条狭窄的石径，踏上了名闻全球的查理大桥。嚯，已有百余年史龄的老铁桥，古色古香，端庄大气，诱人景仰。以圣经故事为内容的青铜雕像，立满大桥两侧，文华洋溢。桥下，一水独秀，袅袅流淌，淌出清凌凌的意境。若干只白天鹅，在河湾里嬉展双翼，呱呱翱翔。桥雄、水柔、飞鸟唱，妙。

过了查理大桥，我自然要登上水畔的山坡，游览布拉格的核心景区古堡群。一路攀登，我不费大力就登上了坡头，踏进了城堡群落。我首先放眼，不无郑重地观赏了圣维特教堂的外貌。大教堂架构哥特式，华贵、精到，堪称建筑极品，无疑要算世界上构造最奇巧的教堂之一了。步入教堂大门，一一浏览过内里陈设的圣器，我便规规矩矩地退出了。接着，我转身走进紧挨教堂的旧皇宫，逍逍遥遥地遛了一圈。感觉是：老捷克的皇殿虽亦高大、肃穆、神秘，却远不及北京故宫之恢宏、雄浑和金碧辉煌哟。

　　游罢皇宫，蹀过黄金小巷，我最终来到了山肩上的观景台。据守台口，居高临下，举目俯望布拉格的全景，我生生怦然心跳了，激动不已了。但见蓝天白云之下，布满了彩楼，竖满了秀塔，长满了绿树，风物锦绣。仔细观察，认真拜阅，我遂把彩楼秀塔和绿树看得更加分明、更加清楚、更加周详了。彩楼的布局，鳞次栉比，错落有致。彩楼外墙的颜色，有黄、米黄、米白、浅红、粉红和银灰，色泽丰富。彩楼楼顶瓦盖的颜色，多为红色；除红瓦外，也有绿瓦、蓝瓦、灰瓦、黑瓦及棕色瓦，回光绚烨。秀塔，林林总总，数不胜数，姿容万千。论塔高，有高有矮，参差得当。论塔型，有粗有细，有方有圆，有尖顶又有半球顶，各领风骚。论塔色，有绿有蓝，有黑有灰，还有咖啡色，相映成趣。正是满城塔影，遍地塔峰，难怪布拉格被世人誉为百塔之都了。绿树的种类，也繁多，也优秀，蓊郁绵连，蔚然成荫。色彩鲜艳的楼盖儿，特别是红色楼顶子，还有一杆杆娟爽秀巧的塔尖子，从浓浓绿荫中拱露出来，端的是丽光闪焕，无比璀璨。且见一条伏尔塔瓦河，蜿蜿蜒蜒穿过楼群与塔林，愣给捷克首都添足了得天独厚的灵气，将一座老城滋润得生机勃勃欣欣向荣，愈发欢活可爱了。幅员辽阔的布拉格，一翠十碧，万紫千红，地道称得上风景如画噢！

  平生初游布拉格，我真的流连忘返了。

2019 年 8 月于北京

捷克原野,很美丽

六月底,我在捷克共和国的国土上,悠悠兜游了一大圈,真就大饱了眼福。实实在在地说:捷克的原野,很美丽。

得天独厚,捷克土质肥沃。地为良壤,田园肥沃。山系土山,山也肥沃。因之,捷克广袤辽阔的原野,便整个生成了一幅植被葳蕤绿色无疆的风景画。

山土肥润,养料充分。捷克所有山峦,由山底到山顶均长满了大树,每座青山都是一片葱茏蓊郁的大森林。森林里,树干笔直,高耸入云。红杆子红松,灰杆子冷杉,白杆子白桦,拥拥挤挤,甚是茂密。青山与青山之间,连接着田畴和草场。田畴平展,草场起伏,四延漫漫。田地里,遍是即将收割的小麦、大麦及燕麦,间或还有大片大片绿油油的玉米苗和大片大片黄灿灿的葵花朵。草场围栏内,芳草萋萋,牛羊放歌,骡马徜徉。尤为出彩的,是在广辽博大的青山绿地图景中,零星现有清凌凌的小河及明莹莹的水泊,这又给无垠大野添足了灵性和活力。

特别令我心动的,还是原野上的村落。捷克民族生性欢朗,善于美化自己的生活,所以捷克人建造的小房子,也披上了鲜艳灵动的色泽,多为黄墙红瓦,万般漂亮。于青山下、小河边、草场头,依随环境有选择地摆上了一个个黄墙红瓦的小村子,岂不又是一种天人合一的大美景?

美,捷克的原野大象,地道很美。

仔细辨赏,我觉得东欧捷克的原野美,与大洋洲新西兰的原野美,有异曲同工之妙。两国的原野风貌,十分相像。所不同的是,捷克的森林里,长满了青松、翠杉、白桦等硬木,而新西兰的原野上,则覆满了棕榈、桫椤、南洋松一系列柔树。硬木与柔树,使一北一南两地相近似的原野美,显出了微弱的差异。

捷克大地,安谧、幽静、清丽,很值得世人前往游览一番哟。

2019年8月于北京

诗歌

新战友

耳畔忽闻锣鼓响,
震得心潮起波浪。
我寻声跑向大门口,
瞳帘映入好风光。
就见门前列出两行迎宾人墙,
夹道中涌来一队英俊的脸庞。
这是哪部分的小伙子?
崭新的军帽军装上,
镶有火红的帽徽和领章。
我恍然大悟噗出笑,
兴高采烈拍痛了巴掌。
哟!
原来是新战友走进了营房。

心潮汹涌激荡,
浪花把我卷进幸福的回想。

就在去年这时候,
我也像他们一样,
穿过了欢迎的人墙。
记得那当儿,
我还未脱孩子气,
竟一把捉住指导员的手枪,
嘻嘻哈哈不松掌。
指导员热热辣辣拥抱了我,
愣将枪带子挂上我的肩膀。

两天过去了,
指导员带我到猪圈旁。
他笑呵呵地说:
"小鬼,
派你喂猪怎么样?"
我一听傻白了眼,
毫不客气硬顶撞:
"首长你真会抬杠!
——当兵不扛枪,
算个啥名堂?"
尽管他苦口婆心讲了半晌,
我依然把嘴噘得老长。

人民军队炉火正旺,
传统教育刃上加钢。
指导员同我谈党史,
句句话儿语重心长。
泪水湿透我的褂襟,
心中升起不落的太阳。
长征、抗日、闹解放,
先辈血汗荡涤我心明眼亮——
"革命工作无贵贱,
为人民服务最荣光。"
从此,
我爱上喂猪的"行当"。
手提猪食桶,胸怀全世界,
养得小猪膘肥肉胖。

指导员日日惦着我,
老同志天天帮我学习毛泽东思想。
旱田逢雨滴滴入土,
我读红宝书如饮蜜浆。
多少个宁静的夜晚,
我灯下重温老三篇。
多少个清新的早晨,
我高声朗诵新党章。

改造世界观,

猛打进攻仗!

雨露滋润禾苗壮,

阳光沐浴我成长。

身在解放军大学校,

我打灵魂深处发生了变量,

终于当上五好战士,

加入了伟大的中国共产党。

我正想得出神,

有位新兵掀动了我的衣裳。

"喂!你这大围裙,

做个啥用场?"

一句俏皮嗑儿,

逗得我眉开眼笑、豪情奔放。

于是噢,

我又讲起上面的故事,

作为赠予新战友的篇章。

注:作者处女诗。1971年2月20日发表于《文汇报》文艺副刊,颇受好评。先后被《空军报》和《人民前线》报转载。今入集,作者对个别词句略作更删。

黑女人

（我的家乡是黑土地，我的母亲是黑女人）

黑女人不丑
黑女人好风流

笑一张黑的脸
摇一双黑的手
挺一抹黑的胸
露一对黑的乳头

流一年黑的汗
奉献一身黑的温柔
疲惫了
睡进玉的梦

畅一朵黑的情窦

蓄一泓黑的羊水

揭开白色的轻纱唷

便生育出绿色的富有

黑女人不丑

黑女人好风流

发表于《鸭绿江》1988 年第 10 期

中年林丹自画像

我是一泓平静的水，
不曾有过得意，
也不曾有过失意。
你可将我淘干，浇田，
也可将我围屯，养鱼。
我不会翻出瑰丽的浪花，
也不会荡起迷人的涟漪，
我就是我，
着一身透明的外衣。
我不需要光辉的标签，
也不需要灿烂的评语，
或许空气中会流传一句：
这水，有益。

1985 年作

注：作者自勉诗，未曾公开发表过。

多味的青果子

缘于我是妈的果子，
妈总夸我。
我说我是好果子，
妈也说我是好果子。
我问，当真吗？
我还涩呢。
妈说，
你涩也是好果子，
因为
你的眼睛是甜的。

缘于我是妈的果子，
妈不夸我。
我说我是熟果子，
妈却说我是青果子。
我说，不对，

我已经红了。
妈说，
你红了也是青果子，
因为
你的眼睛还绿。

原载于长篇小说《下级军官》，春风文艺出版社1992年版。

江 南

阳春发新竹,
隆冬绽腊梅。
古今诗画地,
四时著芳菲。

2017 年 5 月于南京

我与江南

青春，在江南；
筑巢，在江南；
生子，在江南；
见孙，在江南。
江南山水，甲天下，
我甲年华，在江南。

暮岁，客北国，
心魂，在江南。
客酒，也是酒，
滋味，在江南。
日日云外，望佳丽①，
夜夜梦里，回江南。

注①：取自"江南佳丽地，金陵帝王州"。

2020年10月于北京

莲月问答

——大夏京宁赏莲感悟

京畿莲将谢，
金陵莲乍开。
花期错花期，
谁人说明白？
北暑南无暑，
南荫北先晒。
有花且看花，
何须冥冥猜？

2017 年 7 月于北京

世 说

日出日落又日出，
月圆月缺再月圆。
芸芸众生多天问，
诸子百家皆有言。
上山不知下山苦，
下山方识下山难。
有苦吃苦正是福，
道法自然本自然。

2019年10月于北京

大　意

雪花
落下大意
漫漫的

荒原
朦胧着故事
只有白的标题

曲子
在风的舌尖上错了拍节
唱不尽凌乱的冬季

一串脚印
踩出纯洁的孤独
远了
远了

却并不意味着离去

发表于《瓦房店日报》1995年1月24日文艺副刊

我的原野

太阳出来了,
世界灿烂。
晨鸟高歌,
乐符满天。
闻四野芳菲,
紫气弥漫。
看草木犟犟,
祥光一片。
赏青山逶迤,
腾达云端。
更有小河潺潺,
流长源远。
风景无限好,
大美人间。

2017 年元月于北京

祝寿歌

——2015年九九重阳日登南京城墙随感

古稀今不稀，
众越耄耋级。
笑赏天下景，
仙翁伴仙妪。

向国旗国歌,致敬

中国国旗,

红霞里耀现五颗金星,

红彤彤金灿灿,

乃寰宇间最吉祥最鲜艳最美丽的圣旌。

中国国歌,

关东老北风中充满义勇军将士们愤怒的呐喊,

惊天地泣鬼神,

系世界上最悲壮最雄浑最嘹亮的战歌。

中国的五星红旗,

尽展中国人民光辉火烈的血色、血性。

中国的龙腔国歌,

汇聚了每个龙传人誓死灭寇心潮汹涌的音律、涛声。

四颗小金星拥抱一颗大金星,

群星大团结推翻旧社会迎来新中国蓬勃诞生。

把我们的血肉紧密融合起来,

真就筑成了新的钢铁长城。

中华人民共和国的国旗国歌，

正是中国信仰中国精神中国意志中国性格的象征，

就是中国军民中国事业摧枯拉朽所向无敌的原动能。

国旗随风飘舞，

形象伟岸、姿采庄严、磁场浩瀚，如红日永照；

国歌响彻长空，

铿锵激越、湮没万籁、召唤华夏儿女为祖国奋斗，似号角久恒。

在中国共产党领导下，

十四亿中国人脚踏国歌节拍，

高举五星红旗勇猛冲锋，

前进，前进，前进进，

必会从一个胜利走向又一个胜利，

圆我中华民族全面复兴的百年夙梦。

我欢呼，

我敬颂，

神圣的中华人民共和国国旗，万岁！

神圣的中华人民共和国国歌，万岁！

纵情欢呼，

一呼再呼，

胜过雷鸣！

2019 年国庆日于北京

日 子

富日子是日子，穷日子也是日子；
甜日子是日子，苦日子也是日子；
乐日子是日子，愁日子也是日子。
老天爷不知道什么叫日子，
老百姓却知道什么叫日子。
日头耶东方升起，日头耶西方落下，
日头耶西方落下，日头耶东方升起，
咳！这就是日子，这就是日子。
日头耶越烧越红，日子耶越过越美，
日子耶越过越美，日头耶越烧越红，
咳！天下终有好日子，天下终有好日子。

注：此作系电视剧《日子》主题歌词，本主题歌由辽宁歌剧院女歌唱家演唱。

天 阶

我睡过悠悠的摇篮,
我荡过翩翩的秋千,
我蹚过弯弯的小河,
我爬过葱葱的大山。
脚下这条通向云霄的天阶,
才是人生的内涵。
一阶一阶,
有苦有甜;
一阶一阶,
有情有恋。
脚下这条通向云霄的天阶,
才是人生的内涵。

注:此作系电视剧《天阶》主题歌词,本主题歌由著名歌唱家关牧村演唱。

希　望

你的身影，还是那么辉煌。
你的笑脸，还是那么明朗。
你的歌声，还是那么嘹亮。
你的脚步，还是那么雄壮。
任劳任怨，为群众奔忙。
两袖清风，襟怀坦荡。
你那生动的故事，
传遍了春机勃勃的城乡。
你就是太阳，你就是月亮，
你就是群山，你就是海洋。
你就是老百姓心中的希望，
你就是中华民族的脊梁！

你的理想，还是那么辉煌。
你的心灵，还是那么明朗。
你的誓言，还是那么嘹亮。

你的意志,还是那么雄壮。
拥抱四化,热血涌浪。
一尘不染,为党旗添光。
你那生动的故事,
传遍了春机勃勃的城乡。
你就是太阳,你就是月亮。
你就是群山,你就是海洋。
你就是老百姓心中的希望,
你就是中华民族的脊梁!

1991 年 6 月

注:此作系《庆祝中国共产党建党70周年优秀共产党员先进事迹电视专题片》主题歌词,由魏俊祥谱曲,辽宁歌剧院女歌唱家郑丽萍演唱。

南京是我家（歌词）

南京是我家，
我爱我的家。
滔滔扬子江，是我家的护城河，
巍巍紫金山，是我家的地标塔。
六朝旧诗章，铺成屋后的小巷，
一代新文化，筑起门前的大厦。
我哦，天天听白鹭鸟唱歌，
我哦，日日看莫愁女种花。
虎踞龙盘的水土啊，
养育我长大。

南京是我家，
我爱我的家。
扬子江的甜水，滋蓊了我家的梅林，
紫金山的金光，映亮了我家的楼瓦。
六朝旧诗章，著满古都的芬芳，

一代新文化,绘出中国梦的画。
我听见,白鹭鸟唱盛世赞歌,
我看到,莫愁女种幸福红花。
龙腾虎跃的南京人啊,
建设大中华。

2010 年 9 月于南京

军人颂（歌词）

我们是共和国的英雄儿女，

我们是领土领空领海的钢铁卫兵。

我们的心，最赤诚，

我们的魂，最忠贞，

我们绝对将身家性命，

交给了党，

交给了人民大众。

我们严阵以待，

时刻听从中央军委的号令。

一旦遭遇战争，

我们一定不辱使命，

英勇杀敌，陷阵冲锋！

我们是虎，

我们是鲸，

我们是鹰，

我们就是中华民族的万里长城！

坚决彻底消灭一切侵略者，
大获全胜，
必定大获全胜！

2018 年 6 月于北京

附录

专家学者评论林丹作品的文章
（限于版页，省略正文）

泰然：《奇中见巧，独辟蹊径》
　　　　——评林丹小说《副军长的奇遇》
　　　　　　　　发表于《太子河》1983年第1期

华彤：《社会主义文明的特殊窗口》
　　　　——读《铁门纪事》
　　　　　　　　发表于《太子河》1983年第3期

无名：《大墙里的春天》
　　　　——评林丹创作的电视剧《大墙里的春天》
　　发表于中央电视台主办的《电视周报》1985年第43期

韩景连：《他们在塑造灵魂》
　　　　——电视剧《大墙里的春天》观后
　　发表于《鞍山日报》1985年8月18日"影视评介"专栏

曲静：《电视剧〈天阶〉》
　　　　——评林丹创作的电视剧《天阶》
　　发表于《中国法制报》1986年8月28日"华表"副刊

张清:《历史·人情·理性》
　　　——谈中篇小说《大狱春秋》的审美价值
　　　　　　发表于《大连文联通讯》1987年第3期
刘者平:《不断变化着的伦理道德观念》
　　　——简评中篇小说《老村》
　　　　　　发表于《海燕》1988年第6期
高挺之:《永远去寻找那新的星座》
　　　——评林丹的中篇小说《空白》
　　　　　　发表于《海燕》1989年第11期
许振强:《描述人的生存形态》
　　　——评林丹近期的小说
　　　　　　发表于《鸭绿江》1990年第4期
张清:《林丹小说的价值取向》
　　　　　　发表于《大连文联通讯》1990年第6期
张清:《蒙昧与清醒》
　　　——辨林丹小说的文化意识
　　发表于《大连日报》1991年2月12日"星海"副刊
陆文采:《论林丹小说的女性形象》
　　　——为新时期农村女性的美而热情歌唱
　　　　　　发表于《大连文艺界》1991年第6期
长河:《难言的人生况味》
　　　——观电视剧《日子》有感
　　　　　　发表于《沈阳日报》1991年4月3日文艺副刊

陆文采:《论林丹小说的艺术追求》

  ——透过艺术形象向读者发出心灵交流的呼喊

      发表于《海燕》1992年第5期

李广生:《一部引人注意的长篇新作》

  ——评林丹的长篇小说《下级军官》

发表于《北京日报》1992年12月24日"流杯亭"副刊

林玉玲:《平凡日月见真情》

  ——读林丹小说集《日月》

    发表于《大连文艺界》1993年第4期

子也:《独据一方常绿的田野》

  ——林丹小说评述

      发表于《芒种》1993年第11期

王旭升:《夜是静谧的》

  ——评林丹短篇小说《花季》

     东北财经大学出版社1994年版

崔道怡:《〈花季〉伴我度新春》

  ——小说集《花季》序

       大连出版社1994年版

孙茂国:《一杯生活的美酒》

  ——评林丹小说集《花季》

发表于《大连日报》1994年7月29日"人与书"副刊

孙郁:《乡俗》

  ——谈林丹小说特色

　　　　　　　　　　　　发表于《博览群书》1996 年第 6 期
侯德云：《贴近林丹》
　　　发表于《大连晚报》1996 年 6 月 6 日"大连文化名人录"
　　　　　　　　　　　　　　　　　　　　　　　　　专栏
王正春：《林丹〈花季〉述评》
　　　　　　　　　发表于《大连大学学报》1997 年第 1 期
宁春强：《读长篇小说〈老镇〉》
　　　　　　　　　　发表于《辽宁作家》2008 年第 3 期
孙郁：《老镇》
　　　——评林丹的长篇小说《老镇》
　　　发表于《北京日报》2008 年 7 月 7 日"广场"副刊
宁珍志：《林丹，〈老镇〉》
　　　　——《第十届曹雪芹长篇小说奖入围作品入眼录》
　　　　　　　　　　发表于《辽宁作家》2008 年第 6 期
孙郁：《谈林丹》
　　　——小说集《古城》序
　　　　　　　　　　　　　　　　华龄出版社 2014 年版

中国文联原秘书长、党组副书记，著名作家孟伟哉写给林丹的信

之一·谈小说《除夕》

林丹主编：

　　《除夕》（成章）写的是旧社会一个富家的半天半夜的生活情景，作者的笔墨很老到，给人的感觉很熟悉那种生活。那种宗法生活的气氛，那种环境里主要人物的精神状态（包括礼仪掩盖下的虚情假意等等），都给人很深的印象。作者好像对古典文学的传统有相当修养，还可以驾驭更大的题材。

孟伟哉
1996 年 8 月 10 日于北京

　　注：《除夕》，乃林丹之长篇小说《老镇》第一章，曾节选发表于《辽南文学》。在那期刊物里，作者署用笔名"成章"。

之二·谈创作

林丹同志，您好！

赠书收到，谢谢！

我从"成章"的《除夕》里，感觉到了一个颇有潜力和才华的作者，他原来就是您，真叫人高兴。我的感觉没有错，您果然已有几本书问世。

您在刊物上又署以笔名，我评价它时无任何背景的影响，这倒也好。

我写作多年，当编辑阅稿多年，许多情况下是凭第一个（次）感觉来判断稿件质量和作者的功力，当然最终还需理性（论理）来定夺。当近几年听人们说"找感觉"或"没感觉""找不到感觉""找不准感觉"时，我反而困惑不懂了。为此想了很久，认为：感觉其实是一种模糊思维，是经验积累的潜意识判断，自有其道理，并不神秘，但处处滥用，倒把人弄糊涂了。

我给你们的第一封信上有"渊源流长"之词语，总觉不对劲，怕有错，原来它应是"源远"或"渊远"，望您最后审稿时改正。我对别人的文字品头论足，自己又闹笑话，岂不可笑吗？务请帮我推敲文字。

所要之画，待精神好些作出奉上。

您若有机会来京,欢迎到舍下一晤。我们已是不见面的朋友了。

祝一切好!

孟伟哉

1996 年 9 月 2 日

中国人民大学文学院院长、博士生导师，著名学者与作家孙郁写给林丹的信

林丹先生：

您好！

我去杭州刚回来，得知北京报已把拙文发表了。这是个旧稿，编辑只添改了一点，大部分没有按我二稿发排。

《老镇》对于辽南史的研究是个传世的作品，可填补空白的。这些感性资料，过去没有人提及，现在看来，无论从史还是诗的角度，都有可感可叹之处。建议老家开个研讨会，我一定去参加的。

祝好

孙郁 上
2008年7月7日

作家宁春强写给林丹的信

林丹师如面：

《老镇》收到了。今天，辽南的气温已开始回升，阳光暖暖的，我仿佛看到春天迈着欢快的脚步，正一步步向我们走来。沐浴着穿过窗棂的阳光，翻开散发着淡淡墨香的《老镇》，我的心里已是春意盎然了。

利用了两天多的时间，我不无贪婪地几乎是一口气读完了这部洋洋 36 万字的长篇。为方便阅读，我自备了一份《老镇人物录》，每遇到一个人物就记录下来，以防忘记或混淆。这方法虽笨拙还真管用，它帮助我分清了《老镇》中 70 余个人物，使我的阅读变得更加愉悦、更加从容。

这是一部震撼人心的小说。从 1925 到 1947 这长达 20 余年里，乌湖嘴镇徐、张、傅三大家族的恩怨和兴衰，数十个大大小小人物的悲欢离合，尤其是几个主人公的命运走向，深深地牵动着我的心，引导着我的阅读。小说以乌湖嘴这个老镇为视角，深刻反映了一个国家的历史变迁，一个民族的觉醒和解放。在最后半章里，小说又把老镇从四十年代拉到了九十年代初,使这部凝重而醇厚的长篇巨制更加意味悠长,陡增了许多分量,留给了读者更多的回味和想象。

这是一篇可遇不可求的艺术佳构。读《老镇》让我感动,感动于多年来您执着如一的对纯文学的坚守。在人心浮躁,文坛里也乌烟瘴气的当下,您依旧坚守着您的风格,坚守着纯文学的创作,不为风所动,不为利所惑。《老镇》是您坚守的结果,也是坚守的回报。读《老镇》让我欣慰,欣慰于一个老作家的锐气和灵光。坦率地说,《老镇》远远超出我的预想,它达到了相当高的艺术成就,是老师您的重要著作,也是当今中国长篇小说百花园中不可多得的一枝奇葩。

比如语言。《老镇》的语言很有嚼头,越品越有味道。难能可贵的是,从始至终,您对小说的每一句话,都字斟句酌,随便抽出一章品读,都不亚于短篇的味道。反观时下的一些长篇,语言粗制乱造,味同嚼蜡,这样的东西是很难让人读下去的。比如人物。小说是写人的,尤其长篇小说,如果只能让读者记住故事而记不住其中的人物,委实是作者的悲哀。《老镇》中的人物,多达数十个,却个个栩栩如生。有时,您寥寥数笔,就把人物给立起来了,这是真功夫。我清楚地记得您是这样描写徐承仁的老婆刘桂凤的——当得知丈夫的小婆美惠子流产后,"而刘桂凤呢,面对这个令她解恨的景况,竟慢慢地缓和了心气,开始餐餐进食了,夜夜入睡了"。几句话,就把失宠的大婆那种复杂而美妙的心理刻画得入木三分。宫本太郎也是我十分感兴趣的人物之一,您没有把他脸谱化、格式化。这个阴险狡诈的日本鬼子，表面上却是道貌岸然，甚至文质彬彬的。他企图通过文化侵略，来达到征服的目的。宫本太郎的塑造，使《老镇》的人物画廊更加丰富多彩了。

谢谢您的《老镇》，它使我获得了久违的阅读快感。就要上班了，余言再叙。

即颂

春安

宁春强
2008年3月10日中午匆匆

后 记

这部文集，收录散文88篇，诗歌歌词17首。并以"附录"形式，收录了3份文学通信。

散文，系本人近年新作。题材多样，风格一统。每篇小作，都融入我独自的真情和思想。

诗歌与歌词，虽显平淡，却也全是我的心曲。叙事诗《新战友》，甚得《文汇报》嘉许，在读者中间引起了相当好的反响。

二十世纪七十年代，我以部队新闻工作者的身份，写出大量充满正能量的文字，在军队、地方报纸刊物和上海人民广播电台发表了。受南空政治部安排，我也曾特别撰下批蒋的专题文章，由中国人民解放军福建前线广播电台向海峡对岸播送。然而，那批文章都老了，不宜入集啦。

转业后，我于《中国法制报》《辽宁日报》《辽宁公安》等报刊，也发表了若干报告文学作品。某作乍由《中国法制报》印出，即被某司法大机关选为辅助学习文件，下发至所辖各地基层单位，推广文中良策。不过，基于自我文化兴趣考虑，我实在不想将此类作品纳入本书，便依旧撂在文集之外了。

有作品，难入集，不无遗憾。闻得新书沁出墨香，憾念也就消融了。

林 丹

2021 年夏日于北京

上架建议：文学·散文

ISBN 978-7-5039-6752-8

天猫旗舰店

微信公众号

定价：78.00元